JN073510

王子とオメガの秘密の花宿り
～祝福の子とくるみパイ～

CROSS NOVELS

華藤えれな
NOVEL: Elena Katoh

yoco
ILLUST: yoco

CONTENTS

CROSS NOVELS

CONTENTS

〜祝福の子とくるみパイ〜
王子とオメガの
秘密の花宿り
華藤えれな
illustrated by yoco

プロローグ

甘く香ばしいくるみパイの匂い。

古い教会の厨房で、その日、シダは夜明け前に起き、洋梨入りのくるみパイを焼いていた。

「うん、最高だ、すごくおいしい」

味見をしようと、小さなかけらを嚙み締めると、ふわっと蕩けそうな甘みとやわらかな果肉が口内でとろけていく。

今日は特別な日だった。

異母兄のティモンがこの国の君主――エデッサ大公になるのだ。

（お父さまが亡くなられて一カ月……ようやく兄上が大公になられる日がやってきた）

窓の外を見ると、美しい朝陽が丘の上の城を焔のような緋色に染めている。

その彼方に連なるのは雪をまとった広大な山々。

あの向こうには、とても平和で美しいスタボリアという王国があるらしいが、シダの国とは国交を結んでいないので、果たしてどんなところなのか想像もつかない。

どんな王国なのか、どんな人物がいるのか一切わからない。

平和な国――その言葉を耳にすると、うらやましい気持ちになる。このエデッサ公国は、これまでずっと戦禍にみまわれてきたのだから。

（でも……だからこそ、兄上は、ご自分が大公になったときには、この国をスタボリアのような平和な国にしたいとおっしゃっていた。そのための努力は惜しまない、と）

その兄が、いよいよ大公になる。

今日、あの赤い城で、戴冠式が行われるのだ。

式典のあとは国をあげての祝賀会がひらかれるのだが　その祝いの席に、シダは洋梨のくるみパイをとどけることになっていた。

この国では、新しい王の戴冠や王子が誕生したとき、一番近しい親族が季節の果実をたっぷりつめこんだくるみパイを作って祝福することになっている。

本来なら、妃が祝福のパイを作るべきなのだが、兄はまだ結婚していない。なので異母弟のシダが用意をしていた。

「兄上が喜んでくれますように」

凛々しい兄の顔を思い浮かべながらパイを籠に入れると、シダは白いベールをかぶって城に向かう支度を始めた。

小さな鏡に、髪を細長く編み、白い足元まである礼服を身につけた姿が映っている。焦げ茶色の髪、すみれ色の眸は、このエデッサ公国を建国した大公由来のものだとか。

そして城にむかおうとしたそのとき。

「……っ！」

窓の外が騒がしいことに気づいた。

何だろうと外を見ると、勢いよくこちらにむかってくる一頭の騎馬があった。馬上にいるのは、兄の側近だった。

「あれは……」

髪は乱れ、肩に矢が刺さり、マントが裂けている。戦場から戻ってきたばかりのような風情だ。今日は祝いの日なのに、一体、なにがあったのだろう。

「どうしたのですか」

あわててシダは外に飛びだした。

「……シダさま……大変です……兄上さまが……」

馬から転げ落ちるようにして、兄の側近がシダの前に倒れこんでくる。息が荒い。必死に馬を飛ばしてきたようだった。

「兄に……兄になにがあったというのですか」

「……ティモンさまが捕らえられて――地下牢に……」

「え……」

兄が地下牢に――？

「待って……兄上は……今日、大公になるのでは……。まさか他国からの侵略が？」

「いえ……違います」

「では、軍部が反乱を?」

「いいえ」

「それなら……一体、どうして」

「イリナさまです……公妃さまが……ティモンさまを……」

イリナ?

イリナ公妃とは、三年前、父が再婚した女性で、東欧の貴族の娘だ。

父との間に子供はなく、未亡人となった彼女は、兄の戴冠を見届けたあと、故国に帰ることになっていたが。

「どういうことですか……イリナ公妃がどうして……兄上を」

予想もしなかった言葉だった。しかしイリナの顔を思いだした瞬間、なぜかシダの全身に総毛立つような緊迫が走りぬけていった。

嫌な予感がする。なにか禍々(まがまが)しいものがこの世界を覆っていくような。

「教えてください、城でなにがあったのですか」

「魔女だったのです……イリナさまは……」

「え……」

魔女――――。

「イリナさまが……どうして」

「どうか……どうかティモンさまをお助けくださ……」

そこまで口にすると、側近はがっくりとその場で意識を失った。

肩の傷のせいなのか。

いや、違う、城でなにかとんでもない目にあったのだ。

意識がないというのに、青ざめた顔で震えている。熱病にかかったみたいに、高熱を出している。

その姿は尋常ではなく、シダの不安を激しく駆り立てた。

「誰か、誰かきてくださいっ、病人です、助けて！」

シダは教会に駆けこみ、助けを呼んだ。

どうしたのか、一体、兄になにが起きたというのか。

イリナが魔女というのは何なのか。

今日は、最高にめでたい日になるはずだったのに。

兄が大公になり、祝賀会がひらかれ、国中が喜びの声をあげる日。そして兄が宣言するはずだった。この国を平和で豊かな国にしていく——と。

それなのに、どうして——。

その半年後――平和で豊かな国スタボリアの王城では、隣の国の魔女騒ぎなど知るよしもなく、週末恒例の舞踏会が華やかに行われていた。

夏の終わりということもあり、広間を使っての夜会ではなく、大きな庭園での昼下がりの園遊会という形でだった。

「どうだ、レオニード、気に入った姫君はいるか？」

テラスの一角に腰を下ろし、王太子のレオニードが園遊会の様子を眺めていると、後ろから現れた国王が声をかけてきた。

「いえ、まだ」

またその話か。

無表情をよそおいながらも、レオニードは心で苦笑いした。

このところ父王は顔を合わせるたび、結婚の話を持ちだしてくる。一人息子がまだ独身のままなのが心配でしょうがないらしい。

「大丈夫ですよ、結婚のことは前向きに考えていますから」

毎日のように各国から送られてくる肖像画の数々。それに園遊会会場に出席している貴族の娘たち。いずれもレオニードの花嫁候補である。

(どの姫君もとても美しい。それに……家柄も頭もいい)

そんななかから、一体、誰を選べばいいというのか。

レオニードは園遊会の会場に視線を向けた。

吟遊詩人が音楽を奏でるなか、美しいドレスを身につけた姫君たちが楽しそうに踊っている。

夏の庭園の花よりもあでやかに会場を彩る姫君たち。

清涼たる風が吹きぬけていくなか、おだやかな太陽の光を浴び、きらきら煌めいている彼女たちの髪飾りの宝石が眩しい。

木々が風に揺れるたび、ひらひらと揺れるベールのレースやドレスの裾がとても涼しげだ。

ただじっと舞台を見るように眺めているだけなら、こうした光景はなかなか楽しいものだ。けれど結婚の話をされると、どうにも憂うつな気持ちになる。

「今日は誰とも踊らないのか。ダンスは得意だろう？　気に入った娘でもいれば……」

「あいにく足をくじいているので」

女官が運んできた葡萄酒を手にとり、レオニードはすっと立ちあがった。磨きぬかれた大理石の床にその姿がうっすらと映る。

さらりとした金髪、エメラルドグリーンの双眸、その美貌に長身の体躯を純白の軍服に身を包んだ二十歳になったばかりの若々しい王太子である。

東欧の南部に広大な領地を持つスタボリア王国——そのたった一人の後継者だ。さらには憂いに満ちた麗しい風貌も相まって、今、欧州で最も美しい王子といわれていた。

庭園には、そんな彼の花嫁候補の女性が十数人。

どの女性も美しく、清らかで、とても聡明（そうめい）そうだ。庭園を眺めながら、レオニードはそんなふうに思っていた。

誰と結婚したとしても国民は喜ぶだろう。大臣たちも。

候補者たちのなかで、父王は、先日、この国に届いた肖像画の女性――ヨハンナ公女との結婚を望んでいるはずだ。

国王という立場からすると、そう思うに違いない。

ふわふわとした金髪巻き毛の、ほっそりとした美人の肖像画だった。

欧州内で最大の勢力を誇るオーストリアのハプスブルク家の親戚（しんせき）にあたる女性だ。

その上、どこから見ても非のうちどころのない聡明そうな雰囲気だった。美しいだけでなく、きっと政治的にもいい相談相手になってくれるだろう。

「どうしてもとおっしゃるなら、私はオーストリアの公女でいいです」

「あ、ああ、ヨハンナ公女か。だが、明日も新しい肖像画が……」

「いいえ、もう肖像画はいいです。どの姫君も美しいことに違いはありませんから」

「じゃあ、ヨハンナ公女で決まりなんだな」

王がほっとしたように微笑する。

「ええ、父上が良いと思う相手なら」

レオニードはグラスを置き、父王に背をむけた。とっさに父王がレオニードの肩に手を伸ばす。

「待ちなさい、どうしておまえはいつも冷めたことばかり口にして。誰か好きになれそうな姫君はいないのか」

ふりむいたレオニードの顔を見つめ、父王があきれたようにため息をつく。

父親のこうした顔を見ると心が痛まないわけではない。困らせているのがわかるからだ。けれどこればかりはどうしようもない。

「冷めていません。ただ……肖像画の姫君にも、園遊会に出席している令嬢にも……誰にも心が動かないだけなんです」

これまで何人かの女性と踊ってはみた。どの女性もとてもいい結婚相手には思えた。けれど、だから好きになれるかといえば、そういうものでもない。

(私には弟妹もいないし、早く父上を安心させたい気持ちはあるが)

レオニードと父王は、少し心の距離のある親子だ。

長い間、王妃が心の病で伏せっていたこともあり、レオニードは、十二、三歳になるまで乳母のところにあずけられ、一緒に暮らしてはいなかった。

乳母のもと——といっても、この城内に違いはないのだが、王妃の心を乱してはいけないとして、祭典や儀式のとき以外は、殆ど王のいる宮廷に顔を出さなかった。それもあり、親子らしい時間を過ごしたことがなかったのだ。

王妃の病はかなり良くなったものの、こうしたにぎやかな場は好まず、今日もずっと城の奥の自室に閉じこもったままだ。

レオニードが妃を娶ったとしても、母の病がよくなるとは思えないのだが。

「では私はこれで」

「待ちなさい、どこに行くんだ」

「庭園の花を眺めに」

レオニードはそう告げて木陰に向かった。

本当はこのまま園遊会から抜けだすつもりだった。

来月には、この国にとって大切な、聖スタボリア祭が行なわれる。

秋の収穫を祝って、十日間ほど、国をあげての祝宴がひらかれるのだ。さすがにそのときには婚約者をどうするか決めなければならないだろう。

王太子の結婚、それから後継者作りは、国家の安定のためにも必要なことだ。

婚約者が決まったら婚姻に向けてあわただしい毎日になるだろう。これも王太子としての務めのひとつだ。

(だけど……私が望んでいるのは……)

レオニードは小さく息をつき、裏門への道にむかった。

「王太子殿下、どちらへ?」

後ろから従者のヤーシャが声をかけてきた。

「ヤーシャ……」

見つかってしまったか。

やれやれと肩を落としてレオニードは足を止め、静かに顔をかしいだ。

柱の陰から出てきたのは、黒髪、黒い眸の強面の、数少ない信頼できる従者で、乳母の末の弟でもある。そしてレオニードの武術全般の師匠でもあった。

「園遊会の途中ですよ。まさか……抜けだされるのですか?」

「ちょっと森に行くだけだ」

「またですか? 困ります、教育係の私が国王から叱られてしまうのですよ」

困ったようにヤーシャが肩で息をつく。

「きみが叱られる必要はない。父上には私から謝るつもりだ。勝手なことをしてすみません、と」

「勝手なこと……というと……やはり噂は本当なのですか?」

耳元に顔を近づけ、そっと小声で問いかけてくる従者のささやきに、レオニードはかすかに眉をひそめた。

「噂……?」

「はい」

噂といえば、バカ、無能、容姿だけの臆病者、肉欲の塊等々、周りの国々の間で、身も蓋もない言い方をされているのは知っている。

この国の資源や気候の温暖さ、自然の豊かさ、広大な領地に目をつけながらも、強大すぎて手も足も出させせない諸外国。

妙な噂が流れているのは、彼らが少しでもレオニードの評判を下げようとしているからだと聞いている。おかげで近隣諸国での評判はとても悪い。

父王は、それもこれもレオニードがさっさと結婚し、後継者を作らないせいだと言っている。思わせぶりに独身のままでいるのが原因だ、と。

（確かに……バカで無能で臆病者なのは事実だ。あらそいごとは好きじゃないし、平和でおだやかな国造りができれば……と思っている）

だからこそ、父王がいいと思った相手と結婚するのがいい。王太子としての義務を果たす気がないわけではないのだ。

「いいじゃないか、近隣諸国には好きに言わせておけば、無能な臆病王太子……という形容詞、決して悪くはない。むしろ気に入ってるよ」

冗談めかして笑うレオニードにヤーシャが首を左右に振る。

「笑いごとではありません。ご自分をそんなふうに卑下するのはどうかおやめください」

「卑下？　いや、本当のことだよ」

「レオニードさま、ちゃんと自覚してください。あなたさまは、教育係の私がいうのもなんですが、たいそう武術に優れていらっしゃいますよ」

「だが、武術大会では負けてばかりだ」

「あなたさまはとても才能があります。筋もいい。ただ、闘争心がなく、相手を傷つけまいとして、無意識のうちに力を抜かれてしまわれているのです。だから大会では、いつも一回戦で敗退してしまうのです。本当はとても武芸に秀でていらっしゃるのに」

ヤーシャの言うことは当たっている。たとえ王太子らしくないと言われたとしても、剣や槍や弓で人を傷つけるのは好きではない。

だから武術大会では、わざと一回戦で負けるようにしている。

「すまない、私が負けてばかりいるせいで……教育係としてきみが父に注意されてしまうのはとてももうしわけないことだと思っているよ」

「レオニードさま、私のことはいいんですよ。ただ……あなたさまがあまりにも……人が良いので心配になって」

「私が？」

「ええ、そうです。今もそうです、あなたさまが私に謝られることではないのです。いつも周りにお気遣いばかりされて……でも、だからこそ、あなたさまのようなお優しい方が君主になられたら、この国はもっと幸せな国になると信じています」

「ありがとう、そう言ってもらえるととてもうれしいよ。この国が幸せになるためなら、私も努力は惜しまないつもりだ」

レオニードは目を細めて微笑した。

「いえ、努力は必要ないのです。あなたさまはそのままで、その笑顔だけで十分です。武術も才能がありますし、語学は堪能、知性もあり、竪琴(たてごと)にも長(た)け、太陽神の申し子のような美しさもそなえていらっしゃいます。レオニードさまがどれほど素敵な王太子なのかは、私が一番よくわかっております。国民全員が自慢に思ってよい存在ですよ」

「買いかぶりだ。でも本当にそうならなければ」

「まったく。あなたという方は……。王太子でありながら謙虚すぎます。姉もいつもそのことを心配しております」

　姉とは乳母のアンナのことだ。

「アンナには感謝しているよ。本当の母のようにしてくれて」

「……まあ、それはいいんです、そんな話ではなく……噂というのは別のことなんです」

「別の？」

　レオニードは目を細めた。

「レオニードさまが……聖なる森の奥に、恋人を囲われるようになった……という噂です」

「……？」

　一瞬、意味がわからなかったものの、ハッとしてレオニードはクスクスと笑った。おかしい、そんな噂が出ているのか。

「ハハハ……恋人か、それはいい」

　さらりとした金色の前髪をかきあげ、楽しげに笑っているレオニードにヤーシャは呆れたように息をついた。

「やはり……そうでしたか」

　ヤーシャが思い切り眉間にしわを刻む。

「違う、違う」

レオニードは笑顔で否定した。

「恋人がいたら、毎日、通っているよ」

「本当ですか？　楽しそうにお出かけになっている姿を見ると……そうとしか思えなくて。心なしか、このところ、きらきらされている気がしますし」

さぐるように見つめられ、レオニードはとっさに首を左右に振った。

「とんでもない、そんな相手がいたら、森に囲ったりせず、すぐに城に連れてくるよ」

「ちゃんと教えてください。教育係として知る権利があります。一体、どなたを森の奥に囲っているのですか？　私にも教えられない相手ですか？」

やれやれ、生真面目な男だ。

「どなたもなにも……誰も囲っていないよ。だから伝える必要がないだけだ」

「週末ごとに森に行かれるので……てっきり恋人との逢引だと……」

「だから言っただろう。恋人なんていないよ」

木陰からの涼しい風が吹きぬけ、レオニードの前髪がはらりと落ちてくる。風に髪が乱れるにまかせたまま、レオニードはポンと従者の肩を軽くたたいた。

「そんな素敵な相手が見つかったら、一番にきみに教えるよ。だから今日はこのままなにも言わず散歩にいかせてくれ」

「やっぱり」

「ひとりになりたいんだ。では」

笑顔でそう言うと、レオニードはヤーシャに背を向け、城をあとにした。

向かった先は、宮殿の裏から続く広大な森だ。

国民は「聖なる森」と呼んでいる。

この森は、その名のとおり、スタボリア王国のなかで最も安全な場所だ。

昔から、この聖なる森とその向こうに広がる湖、さらには国境沿いの山脈がこの国を外敵から守ってくれている。

ここは世界一豊かで美しい場所といっても過言ではないだろう。

尤もレオニードは他国を見たことがないので、実際、どうなのかはわからないが。

はるか遠方に見える雪をまとった山々のひとつは、かつてノアの方舟がたどり着いた伝説のある美しい山だ。

そこが選ばれたのは、ここが世界のなかでも、最も豊かで、最も美しく、最も平和な場所だから――だと、国民は信じている。

そしてレオニード自身、そう思っていた。

このスタボリアにはそんな伝説がある。

この国が誕生するとき、初代スタボリア王の心の美しさと穢れのない魂を素晴らしいと称えた神が巫女を遣わし、この山と森と湖に聖なる結界をはってくれた。

心に穢れのある者、邪念のある者が入ると、たちまち消えてしまい、二度と森の外には出られなくなってしまうという。

だから「聖なる森」という名で呼ばれている。

本当なのかどうなのか確かめたことはないが、実際、この森に入ったまま、行方不明になっている者も多いという。

山賊や盗賊は完全に消えてしまうらしい。逃げた囚人も行方不明。それだけでなく、心に少しでも邪念を持っている者も。

他国が侵攻しようとしても、山と森と湖が天然の防塞となってくれるおかげで、この国は一度も戦禍にみまわれたことはない。

いつも平和で、穏やかで、そして天変地異もなく、人々が安心して暮らせる楽園のような王国スタボリア。

その代わり、黒魔女が王家に入りこんでしまうと、この国は滅びてしまう。

清らかな人間を装うことのできる、強い魔力を有した黒魔女――その相手の正体を知りながらも、あらがいがたい気持ちで国王や王太子が本気で彼らを愛してしまい、神の前で永遠の愛を誓うと、この国の結界に歪みが入るようになり、やがて滅亡してしまうという言い伝え。

それもあり、国王や重臣は恋愛ではなく、政略結婚を推進しているのだ。

黒魔女はどこに潜んでいるかわからない。

知らないうちに黒魔女を愛してしまわないように、王家の人間は誰にも永遠の愛を誓ってはいけないと言われている。

魔女といっても、女性だけではなく、男性もいる。

（本当に魔女がいるかどうかわからない。ただ……王家に生まれた以上、愛や恋に囚われてはいけないという戒めなのだろう。わかってはいる……）

ひんやりとした夏の終わりの風が首筋を駆けぬけていく。

もう秋が来ようとしている。この国の秋は短い。あっという間に秋が終わり、すぐに冬がやってくるだろう。

レオニードは馬に乗って緑が豊かな聖なる森のなかを進んだ。

遠くには、雪をまとったコーカサスの山々。

北側にルーシという巨大な帝国があり、東にはカスピ海、西には黒海、それからその向こうにはルーシと同じくらい巨大なオスマン帝国。

そして南側には、小さないくつかの王国がある。

そのうちの一つエデッサ公国とは、もう何代も前から国交が途絶えている。この国とは正反対で、戦争の絶えない国だった。

最近、前大公が亡くなり、二番目の公妃が闘病中の公子に代わって女大公として政務を行っているとか。

国では「女王」と呼ばれているらしいが、正式には前の大公の未亡人でしかない。

しかし喪が明けたら「女王」として挨拶（あいさつ）にきて、この先、スタボリアと和平条約を結び、国交を持ちたいという連絡があったそうだ。

女大公からの親書には「戦争はしたくない、長年のオスマン帝国との小競りあいですっかり国内が疲弊してしまった、スタボリアのような平和な国を目指している、だからスタボリアと交易や文化交流をしていきたい」と記されていたとか。

（確か……残された長男の公子は……聞いた話だと、私と同い年のようだが……かわいそうに。闘病中とは……）

公子はまだ結婚もしていないという。後継者がいないのもあり、公妃が統治することになったのだろう。

異母弟が一人いると聞いていたが、オメガなので後継者候補からは外れているらしい。

自分も健康には気をつけなければと思う。

ここには他に後継者はいない。

といっても、王家の血を引く貴族がいないわけではないので、レオニードの身になにかあったときは彼らが王位を継ぐだろう。

（案外、近隣諸国に妙な噂を流しているのは彼らかもしれない。バカ、無能、臆病者……そんな悪評を流して……誰が得をするかといえば……）

やはり王位を狙（ねら）う者だろう。

そんなことを考えながらレオニードは馬を進めた。

この季節、空は深夜までずっとほのかに明るい。

王位を狙う者がいたとしても、最近、国はずっと平和だし、森の向こうに城が見えるので、聖なる森のあたりなら従者たちがいなくても大丈夫だ。

「結婚か……」

もう少し独り身でいたい。それが本音だ。

その一方で、国家を背負う立場として、一刻も早く後継者を残すべきなのだろうと思う気持ちがないわけではない。

それに後継者争いは、ゆくゆくは内紛の元になる。余計な争いごとの種を作りたくない。

(愛のない結婚は、君主なら当たり前のことだといわれて育ってきた。どのみち国家のための婚姻でしかない。それなら父上がいいと思う相手でいい)

森の途中にある狩猟小屋の馬小屋の馬屋に馬をつなぐと、レオニードは白い礼服を脱ぎ、黒いチョハという平服に着替えた。

下には長袖(ながそで)、立ち襟の白いシャツ。その上に膝丈のチョハをはおり、腰に剣をたずさえるのがこのあたりの貴族の青年の常服だった。

腰には金色のサッシュベルト。黒いズボン、焦げ茶色のブーツ。

前髪をわざとおろして乱し、肩からは黒いマントをはおると、レオニードは白鳥が舞い降りる美しい湖のほとりに向かった。

こうすれば、どう見ても王太子には見えないだろう。下級貴族の息子で、学生……という感じに見えると思う。

「それにしても……本当に綺麗な場所だ」

なかなか沈もうとしない太陽が金色に染める湖面が眩しい。

優しげで上品な風貌、それに長身……と容姿に恵まれた上に、国家の治安は安定し、領土は広く、食料も資源も豊か……ということもあり、レオニードに婚姻を申しこんでくる国々はあとをたたない。

美しい湖面と同じように、さらさらとしたレオニードの金髪を夕陽がまばゆく煌めかせている。眸の色も湖面と同じエメラルドグリーン。この湖を特別美しく感じさせるのは周囲に群生している濃いピンク色の薔薇だ。

ここにしか咲かない薔薇だった。

レオニードはそっと薔薇園に近づき、そこで花を摘んでいる人影を見つめた。

(シダ……今日はここにいたのか)

頭の上から白いベールを被っている、ほっそりとした姿。

焦げ茶色の髪を三つ編みにし、ドレスのような長い丈の服を身につけているので、遠くから見ると少女のように思えなくもないが、実際は男性で、オメガだ。

オメガとは世界でもめったに存在しない貴重な性である。

オメガは、ああいうふうに男性とも女性ともいえないような、儚げな風情の美人が多い。

この世界には男女の性以外に、アルファ、ベータ、オメガという性がある。

レオニードのように、王族や貴族、聖職者などの支配階級に属しているのはアルファといい、人口の一割ほどしかいない。

人口の九割はベータが占めているのだが、この世界のほとんどがベータだ。

城内で働いている召使も、一人一人、確認したことはないが、ベータだろう。

男女であっても、アルファとベータとの間に子孫は生まれない。相容（あいい）れない性なので、互いに惹（ひ）かれあうこともないという。

それからごく稀（まれ）にオメガという性の者が生まれる。

オメガの男性は、アルファの男性と性的な関係を持つと女性のように妊娠や出産ができてしまうという特殊な肉体の持ち主だ。

アルファの男性はたいていアルファの女性と結婚するが、アルファの女性は出産に適していないらしく、なかなか子供ができない。

それもあり、オメガを愛人にして、その間にできた子供がアルファだった場合は、正式な妻と子供を育てる——という王侯貴族が多い。

男性の肉体、精神を持ちながらも、子供を妊娠できる不思議な性——オメガ。

彼らは、一年中、そうした状態にあるのではない。二、三カ月に一度、一週間ほどの間、性的なフェロモンをあふれさせてしまう発情期という時期がある。

その間、彼らのそばにいると、アルファの男性は性的な刺激を受け、オメガを抱かずにはいられなくなるらしい。

だがオメガが一人のアルファの「つがい」になる契約を結ぶと、その相手以外のアルファを惹きつけることはないとか。

（私の母はアルファだったが……親族には、オメガを母親に持つ者も少なくはない）

気に入ったオメガがいれば、つがいの契約を結び、愛人として愛でてもいい。

だが、子供ができてしまうこと、さらにその子がこの国の後継者となる可能性を考慮し、必ず城に連れてきて自分のそばで暮らさせること――と教育されてきた。

そうでなければ、後継者争いをめぐる陰謀や、他国からの侵略に利用されてしまうことがあるからしい。

（いっそ……どこかの王侯貴族にオメガがいればいいのだが）

そうすれば、無駄な婚姻などせず、その相手と結婚して、外交的にもめでたしめでたしの気がするのだが――とずっと思ってきた。

といっても、レオニードは別にオメガに興味があるわけではなかった。

ついこの前、ここにいる彼――シダという少年に出会うまでは。

『恋人を囲われるようになったという噂です』

ふと従者の言葉を思い出し、レオニードは苦笑した。

（恋人もなにも……まだ……ただの知りあいだ。友達といえるのかどうかもわからない。なにも進展していないのだから）

薔薇の花を育てている、少女のような雰囲気の少年シダ。

先月、レオニードはここで負傷し、シダに助けてもらった。それ以来、週末ごとに家事を手伝いにきている。

ただそれだけの関係だ。

彼はレオニードが何者かも知らない。

(助けてもらった礼……という名目で、顔を出しているが……本当はシダが忘れられなかった。私の密かな片恋とでもいうのか)

いつもシダに会いたくてどうしようもない。

寝ても覚めても彼のことで頭がいっぱいだ——という気持ちを恋というなら、きっとこれが恋なのだろう。

シダと出会ったとき——あの日は、婚約者候補の肖像画を次々と見せられ、どうしていいかわからなくなり、今日のように、レオニードはこっそりこの森に逃げてきたのだった。

†

シダと出会ったのは、ちょうど一カ月前のことだった。

やはり父王から結婚話を迫られ、逃げるようにして「聖なる森」にきたとき、湖のほとりに広がっているこの薔薇園に気づいたのだ。

『すごい、何という美しさだ』

幻想的なほど美しい虹色の薔薇園だった。

(森のなかにこんな場所があったなんて)

薔薇園というよりも、うっそうとした木々と湖の向こうに広がる丘陵を埋め尽くす野薔薇の野原といった感じか。

よく見れば、虹色ではない。

甘いローズピンクの薔薇を中心にアーチが作られ、他にアクアブルー、アイボリー、薄いピンク、すみれ色といった薔薇の木々もまざっている。

それが虹のように見え、晴れあがった日の空の虹に似ている気がしたのだ。

そこだけが不思議な楽園のような印象となっていた。

こんなところがあるなんて知らなかった、子供のころから、時折「聖なる森」にきていたのに。

まだまだ神秘的な場所があるものだ……と思って進んでいたとき、ぬかるみにブーツを取られてしまった。

『う……っ』

仕方なくブーツを脱いだそのとき、鋭い痛みを足に感じ、レオニードはハッとした。

ガサガサと音がする。見れば草むらに蛇の姿があった。

この森に生息する毒蛇の一種だった。

めったに遭遇することはないのだが、夏の繁殖の時期だけは違う。たまに湖畔で見かけることがあった。

しまった、すぐに毒を吸いださなければ。

湖に戻ろうとするが、激しい痛みにめまいがしてきた。

まずい、このままだと命に関わる。剣で傷口をえぐったほうがいいのか、どうすべきか。

そんなことを考えていたそのとき、再びがさっと草むらで音がした。

まだ蛇がいたのかと思ったが、違った。

木々の向こうから現れたのは、白っぽいベールを被った少年だった。一瞬、美少女が現れたのかと思ったが。

彼は手にいっぱいの薔薇の花を抱えていた。

言葉を発することができないようで、彼はなにか言いたそうに口を動かしたあと、手でじっとしてろというような仕草を示した。

『動くなと言っているのですか?』

問いかけると、彼はこくりとうなずいた。そして薔薇の花束を木の根元に置くと、自分の帽子に湖の水を汲み、それでレオニードの足首を洗った。

『……っ』

そのあと、今度は自分の口元を指差したあと、足首を指した。

よくわからないが、痛みに朦朧として深く考える余裕もなく、レオニードは『好きにしろ』と言って木にもたれて座った。

すると彼が足首に唇を近づけてきた。

『まさか……毒を……』

彼は毒を吸いだし、口をすすぐと、淡く微笑し、レオニードの足に草をすりこみ始めた。

『それは毒消しの薬草ですか?』

問いかけると、彼がこくりとうなずく。

『口がきけないのですか?』

その問いにも同じようにうなずく彼を、レオニードはじっと見つめた。

頭には白いベール。薄い茶色のさらさらとした髪が目にかかっていて、ぱっと見た感じだとよくわからなかったが、とても愛らしい顔をしていた。

襟元から細い三つ編みが垂れている姿は、一見すると女の子のようだが、どちらかというと、男女の性を感じさせない中性的な、ある意味、少し妖精のような、性別不能の不思議な雰囲気に感じられた。

年齢は十五歳くらいだろうか。

大きなくっきりとしたすみれ色の眸がとても愛らしい。すっきりとした鼻筋、つぶらな口元。ちょっと触れたくなるような可憐な印象だった。

しかしあまりに貧しそうな風情に心配になった。衣服はところどころすりきれそうになっているし、手も荒れている。

『…う…っ』

だがレオニードには、冷静に彼のことを確かめている余裕はなかった。

結局、そのあと、熱が出てしまい、彼が暮らしている古い正教会に泊めてもらったのだ。

翌日、目を覚ましたときは午後前だった。

すっかり熱は引いていて体調も良くなっていた。

ベッドから下り、椅子にかかっていた黒いチョハを身につけ、腰に剣を下げる。額に垂れた前髪を指で梳きあげるが、さらっと落ちてくる。

あの少年がつけてくれた薬のおかげで足の腫れは引いていたが、ブーツを履いて歩くと、まだえぐられるような痛みが走った。

『く……っ……』

ブーツを脱ぎ、レオニードはため息をついた。

そのとき、隣室から、カラカラ、カラカラ……となにかが動く音が聞こえてきた。

ドアの隙間から覗くと、彼が糸を紡いでいた。

(糸紡ぎ？　こんなところで？)

窓から差してくる光が彼のいる場所だけを明るく照らしている。

今にも壊れそうな小さな糸紡ぎ用の糸車だ。

部屋中に噎せるような薔薇の香りが漂っている。

片方の壁には、うっすらと褪色したイコンがかかっていて、ここが古い教会のあとだというのがなんとなくわかる。

彼は薄めの生地の白いベールをかぶっていたが、その裾から腰まである三つ編みが顔をのぞかせていた。

からから、からから……と彼が細い指先で糸車をまわすたびに、同じように細い三つ編みの何本かがゆらゆらと揺れている。

古びた教会の片隅で一心に糸を紡いでいる彼の姿は、気安く声をかけるのがはばかられるような神聖な風情が感じられ、レオニードは戸口に立ったまま、じっとその様子を見つめた。

聖母のよう、というと、月並みかもしれないが、それ以外の言葉が思いつかない。

（なにを作っているのだろう。私が見ていることにも気づかず、熱心な眼差しで……）

いつ起きて、いつから作業をしているのかわからないけれど、ああいうふうになにかに我を忘れたように没頭している姿というのはとても美しいものだと感じた。

そういえば、自分にはない。あそこまでなにかに熱心になったことなど一度も。剣も弓もほどほどしかしたことがないし、馬術もそれなりだ。この国の歴史や政治の勉強も困らない程度にはできると思うが、そこまで熱心に学んだことはない。

だから、素敵だと思った、あんなにひとつのことに集中できるというのは——。

からからから……と、音楽のように、一定のリズムを刻んでいる糸車の音。甘い香りの正体は、糸車の向こうに、ところせましと置かれている摘みたての虹色の薔薇だ。

だが薔薇の香りだけではない。

よく確かめると、部屋のすみの暖炉にスープのようなものが入った鍋が火にくべられ、そこから

空腹を刺激するような香りと湯気が出ていた。

暖炉の前のテーブルには、チーズとほうれん草を使ったハチャプリというパンが並べられている。それから葡萄水。朝食を用意してくれていたらしい。

『……っ』

彼はレオニードが起きていることに気づくと、ハッとした様子で糸を紡ぐ手を止めた。

『あ、いや、そのまま仕事を続けてください。朝食の支度なら、私が――』

しかし彼は慌てた様子で、首を左右に振って立ちあがった。

自分がするから――と言いたいのか、自身を指差したあと、テーブルに皿を並べ始めた。

『では、パンはあなたがしてください。スープは私が担当します』

レオニードは二人分の器に、それぞれ暖炉であたためられたスープを入れた。とてもおいしそうなトマトスープだ。

その間に、彼はチーズをのせたパンを暖炉の上にあるかまどに入れた。火で温められていたので、かまどに入れたパンはすぐに焦げ目がつき、チーズがぐつぐつと音を立てて蕩け始めた。

それをトングでとると、彼は皿にのせていった。

『これはハチャプリですね。ありがとうございます』

ハチャプリというパンはこの国の名物でもあったが、どちらかというと庶民の食事なので宮廷ではあまり出てこない。

『すごくおいしそうですね』

笑顔を向けると、彼もつられたように微笑し、皿にのせたハチャプリをそっとレオニードの前にさしだしてきた。

部屋中にチーズとバターのこんがりと焼けた匂いが漂い、それだけで空腹が刺激される。

こんなに良い香りがするとは。生地からまだ温かい湯気が出ていて、焦げめのついたとろとろのチーズが音を立てている。

レオニードは、それを少し冷ましながら、それでもまだチーズがかたまらないうちにハチャプリを食べてみた。

噛み締めたとたん、サクサクとしたチーズの焦げ目のむこうから、やわらかなチーズが舌の上に蕩けていく。生地はとてもやわらかく、それでいてもちもちとしていた。

『とてもおいしいです。こんなにおいしいハチャプリは初めてです』

とろりとしたチーズの食感がたまらない。

もっちりとした生地は噛みしめれば噛みしめるほど、生地に染みこんだバターのコクが伝わってくる。生地の奥からふんわりと感じられるバジルの風味が、とてもいいアクセントになっている。

『最高のハチャプリですね。こちらのスープもとてもいい味で、胃に優しい感じです』

トマトだけではない、おそらくビーフが出汁に使われているのだろう。コクとまろみがあって、身体の内側から幸せなぬくもりがひろがっていく。

そして食後に出てきたのはレオニードが初めて食べるパイだった。バターがたっぷりのサクサクとしたパイ生地に、薔薇を煮詰めたミルクジャムとくるみが挟まれている。

『すごい、これは……くるみと薔薇のパイですね』

問いかけると、彼はコクリとうなずいた。

レオニードはナイフでカットしたかけらをそっと口に運んでみた。噛み締めた次の瞬間、ふわっと口内に薔薇の香りが広がる。しかしそれだけではない、隠し味に葡萄酒が使われているので、より芳醇な風味が感じられて心地がいい。

少し酸味のある葡萄酒と薔薇の苦味と溶け合うような、ほどよい甘さのミルクジャム。それに香ばしいくるみの食感も加わってとてもおいしく感じられた。

『おいしい。これは驚きました、こんな組み合わせがあったなんて』

思わずレオニードは感嘆の声をあげた。

すると彼はふわっと微笑した。とても嬉しそうに、目元を輝かせて。

『――――っ！』

その笑顔に、雷鳴を受けたように全身がふるえ、胸が熱くなった。

彼の周りにふわりと広がっているような、美しくも無垢な空気感に、たまらない愛しさのようなものがこみあげてきた。

『私の名はレオニードといいます。あなたは？』

問いかけると、彼は本を一冊とりだし、その裏に記された『シダ』という文字を見せた。字が読めるということは教育を受けているのだろう。

『かわいい名前ですね。この国の古い言葉で、野原に咲く花という意味ですよ』

本当に？　と彼が小首をかしげる。

古語は知らないらしい。だが、シダの親はきっとそれを知っていてつけたのだろう。

『とてもおいしかったです。ごちそうさまでした』

するとシダはかすかに微笑したあと、心配そうにレオニードの足に視線をむけた。

『ああ、足はもう大丈夫です。あなたの手当が適切だったので、まだ少しだけ痛みはしますが、毒はまわらないで済んだようです。ありがとうございます』

レオニードはシダの手をとって、当然のようにその手の甲にキスをしようとした。しかしシダは驚いたように手をひっこめた。

『失礼しました。突然……不躾(ぶしつけ)でしたね』

そうだ、王太子としては許されないことはないので気にしなかったが、一般人がこんなことをするのは許されないのだ。

『では、そろそろ失礼します。狩猟小屋に馬をつないでいるのですが、道を教えてくれますか？』

これ以上ここにいてあつかましいことはしたくない。長居しては、仕事の邪魔になるだろう。そう思ってレオニードはテーブルを立ちあがった。

しかし体重をかけると、足がズキッと痛み、レオニードはテーブルに手をかけた。すると彼が手を添えてくれた。そして自分の肩のあたりを指差した。

『肩を貸してくれるのですか？』

彼がこくりと小さくうなずく。

『では、お願いします』

そのとき、シダからふと甘い匂いがしてきた。

『この匂い……』

レオニードは眉をひそめた。

『……オメガなのですか？』

問いかけると、彼は困ったような風情でうなずく。

『発情期ではない……ですね？』

はい、と彼が首を縦に振る。

『すみません、失礼な質問をしますが……決まった相手は？』

『……』

いいえ、と彼は首を左右に振った。

『一人で暮らしていて危険ではないですか？　この森は……邪念を持った人間は入れないですが……完全に安全とはいえない。発情期はどうしているんですか？』

シダは指で本の文字を示した。

発情期はない。きていない。だから大丈夫。そんなことが書かれていた。

『それでも、ここで一人で暮らすなんて』

そう言ったとき、みゃおんと小さな猫が近づいてきた。その子を肩に乗せ、シダはにっこりと微笑した。

淡いベージュ色と白の縞模様になった、もふもふとした被毛の小さな猫。
この子がいるから大丈夫……という感じだろうか。
『猫ですか。名前は？』
問いかけると、シダは首を左右に振った。
『では私がつけます。いいですか？』
するとシダは嬉しそうにほほ笑んだ。
さて、どうしようか、と思ったとき、猫がミャウと鳴いた。
『それではミャウというのはどうですか？』
さらにシダが笑みを深める。
とても嬉しそうな表情に見え、こちらまで幸せな気持ちになってしまう。
本当に妖精のようだと思った。

2　くるみ割り

あれは夢のような時間だった。

甘い香りに包まれた薔薇にあふれた花園でシダと過ごしたひとときはあまりにも優しく、それでいて幻のような不思議な印象となって心の奥深くに刻まれてしまった。

城にもどってからも、シダのことを考えただけで胸が熱くなってしまう。身体の奥から湧いてくる喜びとも興奮とも似た想いでどうにかなってしまいそうだった。

日々、その思いが募り、薔薇の花を見ただけでも胸が絞られたように痛くなる。

くるみを見ただけで自然と心があたたかくなり、ハチャプリの香りを思い出しただけで愛しさのようなもので胸がいっぱいになる。

朝日が差しこんでくるなか、淡い薔薇色の空気に包まれた幻想的な空間。

糸を紡いでいるシダの姿を見ていたときの、切ないまでに甘い感覚が忘れられない。

カラカラ、カラカラ……という糸車の音を聞いていると、過ぎていく時間がゆったりと流れていくように感じられ、静かな幸福感に満たされ、その空間にずっと浸っていたい気持ちになった。

あんな気持ちになったのは初めてだ。

もしかすると、あれは夢だったのだろうか。「聖なる森」にいると言い伝えられている妖精や魔法使いがレオニードに見せた夢なのか。

そんな気がして、自分の足に残った蛇の咬（か）みあとをたしかめ、いやいや、ここに傷がある、あれはちゃんとした現実だったのだと己に言い聞かせた。

だが、そんなことをくりかえしているうちに、もしかすると、蛇の毒が頭にまわってしまったために、あんな幻覚を見たのかもしれない——という想像までしてしまい『一体、どうしてしまったのだ、自分は……』と自嘲するしかない日々をくり返した。

本当は、すぐにでも彼が本物かどうか確かめに行きたかった。

けれど仕事があって行けなかった。

週末以外の朝から夜まで、レオニードは父王の政務の補佐を行っている。

各町や村の視察、国民の陳情に耳をかたむけることもあれば、大臣たちとの会議に出席することも多い。

ようやく週末の午後、時間が取れるようになり、いてもたってもいられなくなったレオニードは父王主催の夜会には欠席すると伝えたあと、「聖なる森」にむかった。

白樺の木立を抜け、湖のほとりの狩猟小屋の馬屋に馬をつなぎ、馬の食料と水を用意したあと、チョハに着替えて湖畔の道を急ぐ。

やがて湖畔の木々の向こうに薔薇の花園が見え、古い教会の建物が現れると、レオニードはほっと胸を撫でおろした。

夢ではなかった。ああ、現実だったのだ。よかった。

教会の古い扉の前に立ち、大きく息を吸って錆びかけた鉄製の扉のノッカーをたたく。

一回、二回……しかし誰も出てこない。

（いないのか？　それとも寝ているのか？）

もう一度叩いてみる。

三回、四回、五回……。何の反応もない。猫の気配もない。

『留守だったのか、土産に食材を持ってきたのだが』

レオニードはがっかりと肩を落とした。

夢や幻ではなかっただけでも良しとするしかないのか。

仕方なくレオニードは果実や野菜の入った袋を戸口にかけ、せめて自分の名前とメッセージを地面に記しておこうと、なにか棒のようなものが落ちていないかあたりを見まわした。

『これがいい』

ちょうど手ごろな枝があったので、教会の玄関の前の地面に「先日、蛇から助けてもらったお礼です。よかったらもらってください。レオニード」と書いた。

また来ますと書こうかどうしようか、悩んでいると、トントンと誰かに背中を叩かれた。と同時に、ふわっと甘い薔薇の香りが鼻腔に触れ、足首のあたりに『みゃおん』と鳴きながら猫が絡みついてくるのがわかった。

『……っ』

それだけで動悸が激しくなりそうだった。シダだ。少し緊張しながら静かにふりむくと、薔薇の花を腕いっぱいにかかえたシダが不思議そうにこちらを見あげていた。

『よかった、シダさん、いらしたのですね』

シダ……と親しげに呼ぶこともできず、レオニードはシダの名前の下に、少し尊敬の意味を込めた敬称をつけて呼んだ。

『お留守かと思って帰ろうと思っていたところでした』

レオニードの言葉につられ、シダがちらりと地面を見る。

『えっと……あ……それは』

木の棒で書いたメッセージを見られ、恥ずかしくなったが、シダはうっすらと眸に涙を浮かべてレオニードを見あげた。

『あ、あの……ご迷惑ではありませんでしたか？』

心配になって問いかけると、シダは、とんでもないと言った表情で首を左右に振った。そしてうっすらと涙を浮かべたままほほえんだ。

やわらかな印象のすみれ色の大きな眸が細められ、つぶらな口元が優しい形の笑みに変化していくのを、レオニードは幸せな気持ちで見つめた。

よかった、迷惑ではない。それどころか喜んでくれているようだ。

『安心しました。足もすっかりよくなったので、改めてあなたにお礼をと思ったのですが』

ダメだ、幸せすぎる。シダの笑顔だけで心が晴れやかになる。

どれほどここに来たかったのか、どれほど彼に会いたかったのか。こみあげてくる熱い想いにレオニードも自然に笑みを浮かべていた。

『そうだ、手伝いますよ、せめてその刺を私が……』

レオニードは彼が摘んでいた薔薇の刺をとろうとした。

しかし触れただけで、薔薇の花から拒否されたかのように、鋭い痛みが奔り、見れば指から血が出ていた。

『……』

シダが驚いた顔でレオニードの指先を見つめる。

『あ……すみません、たいしたことはありませんので』

以前に教会の写本で読んだ伝承を思いだした。教会に残されていた古い外典かなにかの詩篇にちらりと薔薇のことが記されていた。現実のものとは思えなかったので、このときまですっかり忘れていたのだが。

(そういえば……教会の詩篇に「聖なる森」の薔薇には、不思議な力があると書かれていた。たしか育てた人間以外が触れてはいけないはず。いや、願かけをした者以外、触れられなかったのか……はっきりとは覚えていないが)

うろ覚えではあるが、聖なる森の聖なる薔薇は『邪悪な者からの呪いを解く魔力がある』とも『聖なる者の願いを叶えてくれる』とも書かれていた気がする。

あなたは、なにかこの薔薇に願かけをされているのですか？　——と問いかけようとしたが、すぐに末尾に書かれていたことを思いだしてやめた。

——聖なる薔薇の力を得ることができるのは、愛する者のため、神に魂を捧げた者のみ。

——もしも悪魔を愛し、その魂を売った偽りの聖なる者が触れてしまうと、薔薇は悪魔に穢され、世界はたちまち破滅するだろう。

この森に咲く薔薇に触れることができるのは——聖なる者か、あるいは悪魔と契約した偽りの聖なる者か。

レオニードはそのどちらでもない。

だから薔薇から拒否されてしまうのだ。

だとすれば、花に触れることができるシダは、愛する者のために神に魂を捧げたか、あるいは悪魔を愛して魂を悪魔に捧げた者ということになる。

この「聖なる森」に入れるのは、穢れのない心の持ち主だけだ。つまり彼は神に魂を捧げたということになる。

（では……彼は愛する者のためにここで……）

シダには愛する相手がいる、そのために願かけをしている——そう悟ったとき、ひゅう……と胸に冷たい風が抜けていくのを感じた。

何だろう、この気持ちは。さっき舞いあがったはずの心が一気に急降下し、空っぽになった胸がどんどん冷たくなり、そこから身体が重くなっていく気がした。

（……そうか……糸を紡いでいたときのひたむきな眼差しも、熱心な姿も……愛する相手のためのものだったのか）

明るい朝日が差しこんでいた古い教会の一室で、懸命に糸を紡いでいたシダ。

神聖な儀式でもしているかのような、透明感に満ちた彼の姿がレオニードには聖母のように感じられた。

あのときの彼からは誰かを命がけで愛し、そのために自身の魂を神に捧げることも厭わない一途な想いがあふれていたのだ。それゆえの、清らかな神々しさだった。

皮肉にも、その美しさに一瞬で惹かれてしまったとは――。

レオニードは内心で苦笑した。

(……残念だが……仕方がない)

まだ出会ったばかりだ、今ならまだ気持ちをとどめられる。

蛇の毒から助けてくれた命の恩人の、必死な姿を応援するのが、自分にできることだ。

どのみち王太子である以上、身分もなにも知らないオメガを妃にすることはできない。

最初から叶わない恋だ。

自分も彼に身分を明かしてはいない。同じだ。なにも自分だけががっかりすることはない。それより彼を応援するのが自分の役目だ。

そんなふうに自分に言い聞かせ続けているうちに気持ちの整理ができた気がするが、どういうわけか、薔薇の刺で切った指の傷口がさっきよりも痛くなってきた。

レオニードがじっと指先を見ていると、シダはそこに手を伸ばし、衣服のポケットからハンカチを出してそっと巻いてくれた。

心配そうな顔をしている。すみれ色の綺麗な眸を見ていると、思わずそのほおにくちづけしたくなるが、レオニードはそれをこらえて笑顔で礼を言った。

『ありがとうございます、薔薇に触れるのは、やめておきますね』

するとシダは目を細めて微笑した。

その優しそうなほほえみと、あたり一面から漂う噎せそうなほどの薔薇の香りがレオニードの胸を甘い痛みでいっぱいにする。

（……そうだ、痛いのは指ではなく、胸だ）

そんなレオニードの想いなど気づいてはいないと思うが、シダは彼が住まいにしている教会に招き入れ、お湯を湧かし始めた。

お茶をいれてくれるらしい。おいしそうなお菓子もかまどにいれ、用意してくれている。

『では、シダさんの準備を待っている間に、この寝台の足元を直しておきますね』

なにか彼の役に立ちたい。そんな気持ちからレオニードは彼がお茶を用意している間、住居のベッドの建て付けを直したり、重いものを運んだりした。

出されたお菓子は、今度はくるみのバタークッキーだった。

『おいしいクッキーですね。シダさんはくるみがお好きなんですね』

するとシダは少し照れたように微笑し、こくりとうなずいた。

『そうだ、薔薇の刺をとる代わりに、くるみ割りを手伝いますよ』


それからレオニードは週末ごとにくるみを割るのを手伝うことにした。

『森で拾ってきました』

マントに山ほどのくるみを包んで、テーブルの上で広げると、シダは驚いた顔でじっとそれを見たあと、けれどとても嬉しそうにほほえんだ。

『迷惑じゃなかったですか？』

とんでもないといった表情でシダは首を左右に振った。目を細めて口元をほころばせる笑顔は本当に妖精のようだ。

聖なる森の聖なる妖精……そんな感じがぴったりだと思う。

『くるみ割りは、私に任せてください。あなたの細い指だと大変でしょう。必要な分だけ、毎週、割りますから。余った分は、殻のまま保存すればいいでしょう』

くるみは殻を割らないで、風通しの良い場所に置いておけば一年くらいは保存できる。

ただ殻が固くて割るのが大変なので、そういう苦労はシダにさせたくなかった。少しでも彼の役に立ちたいのだ。

シダは少し困惑した顔をしていた。

恐縮しているのがわかり、レオニードは彼に余計な気づかいをさせたくなくて、笑顔でつい調子のいいことを口にしてしまった。

『好きなんですよ、あ、いえ、とても得意なんです、くるみ割り。パチンパチンと音を立てると気持ちいいじゃないですか』

眉をよせ、シダが小首をかしげる。

『本当に得意なんです、ええっと、そう、私の仕事なので。どうかお気になさらず』

くるみ割り職人なんて実際にいるのかわからなかったが、何となく納得してくれたようなので、そういうことにしておいた。

もちろん、次の週末までの間、政務の合間にレオニードはせっせとくるみ割りの練習にいそしんだ。王太子がまた変なことをしていると重臣たちがささやいているのを無視して。

『本当に変わった王太子だ、剣術大会では最下位なのに、武術の稽古もせず身体を鍛えようともせず……厨房の隅でくるみ割りをしているとは』

『乳母に育てられたせいで軟弱になったのだろう。教育係のヤーシャは国一番の強者なのに』

そんな不満に満ちたささやきがどこからともなく耳に入ってくる。

しかし戦争もないのに、そこまで強くなってどうするのかと思う。

それよりも、こうしているほうが大切な人間の役に立つ。そして一週間が経ったころには誰よりも上手にくるみが割れるようになった。

それからレオニードは、シダのところで一週間分のくるみを割ることにした。

『……』

パッパッと音を立ててくるみを割っている間に、シダはお礼にとハチャプリとスープを用意してくれる。

毎週、ハチャプリに入っている野菜が違うのが嬉しい。

しかし、一体、彼が何者で、何の目的で糸を紡ぎ、ひっそりと自給自足の暮らしをしているのかわからない。

上品な物腰、雰囲気、それから薬師としての知識があり、文字も読める。かなり高度な教育を受けているというのは想像がつくが、名前以外、なにも知らないのだ。

これまでどうしていたのか。家族はいるのか。

糸を紡いでどうするのか。

彼が愛する相手はどうしているのか。

果たして、願かけの目的は何なのか——それは他人に知られては効力を失ってしまうらしいので、レオニードが知る由もないのだが、せめて目的がわかれば、なにか協力することができるのに。

『シダさん……少しだけでもあなたのことを教えてくれませんか？』

そう尋ねてはみるものの、シダは泣きそうな顔でうつむいてしまうだけで、それ以上はなにも返してこない。もちろん言葉も、意思のようなものも。

『すみませんでした……余計なことを訊いたりして』

謝ると、シダは少しほっとしたような表情で顔をあげ、涙をいっぱい溜めた目でレオニードを見つめる。

なにか事情があるのだろう。

その表情からは、どうしようもないほど張り詰めた、必死ななにかを感じ、それ以上、尋ねてはいけない気がした。

それに自分もそうだ。王太子だと名乗っていない。くるみ割り職人などという聞いたこともない職業を名乗っている。

『でも……私がここにくるのは迷惑じゃないんですよね？』

そう問いかけると、少し困ったように視線を落としたあと、それでもすぐに眼差しをあげ、シダはレオニードの手首をつかんできた。

そしてそのまま手のひらにそっとキスをしてくれた。くるみを割ったときにできた小さな擦り傷を癒すようにそっと。

『……ありがとう』

彼の唇がそう語ったような気がして、ほっと胸を撫でおろす。実際は唇は動いていないのだけど、その行為からシダの感情がわかる気がした。

そうした仕草や表情に触れていると、たとえ言葉がなくても、彼からのやわらかな好意のような感情が伝わってくる。

もし可能なら、城に連れていきたい。もうすぐ冬になる。ここは雪に包まれてしまう。そんな季節にひとりでこんなところにいたらどうなるのか。

シダがなにかしら願かけをしているのなら、ここに通えるように送迎をすればいい。いっそここにあるものを一旦城に運んでもいい。

だが、その前にレオニード自身も身分を明かす必要があるが、いつ、どうやって説明しようか。

（あなたが好きです。ですから少しでもお役に立ちたいんです）

そう告げたいのだが、王太子だと知ったら警戒されてしまう心配もあった。

妻との間に子供ができなかった君主はオメガを愛人にし、子供を産ませたあと、使い捨てのように捨ててしまう者が多い。

子供が欲しいのではない。ただあなた以外、好きになりたくないし、あなたと恋愛がしてみたいだけだ。

だけどあなたにその気持ちがないなら友人として、最大の敬意を。

私自身はどうしようもないほど、あなたに惹かれている。こんなところに一人で住まわせているのが忍びないのです。

ここは聖なる森と呼ばれ、目の前の湖も聖なる湖。

だから悪いことが起きる心配はない。けれど、ひとりぼっちで住むには不便ですし、冬は雪に埋もれてしまいます。

盗賊や泥棒が入りこめなくても、この前の蛇のような動物もいるし、狼や熊だっています。決して安全なわけではありません。

できれば、もっと広い場所で、もっと優雅に暮らしてほしいのです。私を受け入れてもらえなくても、友人としてなにかしたいのです。

この気持ちをどう告げたら理解してもらえるのか。

そんなことを考えているうちに、知りあってから一カ月が過ぎてしまった。

会えば会うほど愛しさは募ってくる。

彼が好きだという気持ちを止めることができなくなっている。

「今日こそは……ちゃんと伝えないと」

†

聖スタボリア祭までには、婚約者を選ばなければならない。

アルファの女性との政略結婚。この国ではずっと当たり前とされてきたことだが。

（そう……心のどこかで……迷っている……）

シダのことがどうしようもないほど好きな自分がいる。

ただの片思いだ。

叶わない想いかもしれない。

けれど寝ても覚めても彼のことで頭がいっぱいで、もし叶うならばシダと幸せな家庭を築きたいと思っている。

国家のため、どこかの王室や貴族出身のアルファの女性と結婚する――という課題を、当たり前のようにうけいれるつもりでいたが、今、ここにきてその気持ちが揺らいでいる。

この国を守りたい、この国の王にふさわしい人間になりたいという気持ちに変わりはないし、そのための努力も惜しまないつもりだ。

だが、国家のためだけにアルファの女性と結婚して幸せになれるのか。

相手も自分を愛していないのに。

（そのせいで……母上は……ずっと心を病んだままだ）

愛していない相手のところに嫁ぎ、愛していない相手の子供を産む。母はその行為に耐えられなかったからこそ、心を病み、部屋から出てこようとしない。

父王は、そんな母との不仲を振り払うかのように、若いころはいろんな女性やオメガを褥（しとね）に呼んでいたらしい。

そしてそれを耳にした母がさらに父王を嫌うようになり、レオニードに会うことすら拒否するようになってしまった。だからレオニードは乳母に育てられたのだ。

それを思うと、政略結婚というものが良いものとは思えない。

国のため、和平のため、平和の大使として嫁いでくる女性。これまでは、そうした慣習を破ろうという気は起きなかった。そうすることが当然だと思っていたのだ。

自分は両親とは違って、嫁いでいる女性をちゃんと大切にし、心をひらいてもらう努力をしようと思ってきた。

どんな女性であれ、わざわざ和平のために、この国にきてくれる相手を大切にしなければ。愛する努力をしよう——と決意していたのだ。

それが自分の役目だと。

だからどんな相手でもいい、ここで同じ目的のためにがんばってくれる相手なら、きっと自分はどんな人でも大事にできる、と信じていたのだ。

けれどシダを好きになって初めてはっきりと気づいた。

自分がこれまで未来の婚約者に対して思ってきた気持ちはただの義務だったと。

義務は、愛ではない。

やはり自分は愛する相手以外を抱きたくない。子孫を作るためだけに、愛してもいない相手と褥をともになど。

（そう……シダさん以外と。けれど彼は……どうなのか）

いつものように薔薇の野原の手前にある狩猟小屋の馬屋に馬をつないだあと、水と食べ物を用意し、そこに狼や熊が入らないよう厳重に囲いをして、シダのいる薔薇園へと入っていった。

シダは湖のほとりにある薔薇の野原で花の手入れをしていた。

上空は夏の終わりの甘い夕暮れの色に染まっている。

あたりはまだ明るい。それなのに淡い青と紫とがほんのりと周囲の空気を染めているブルーモーメントと言われる時間帯。時々、雲が金色に光っている。

この季節特有の夕刻の色だ。

夜明け前と夕暮れどき、一日に二回だけある美しいこの時間帯。

薔薇の野原のなかの、アイボリーの花の色がいつもより明るく見え、ローズピンクの花もこれまで以上に浮きあがって見える。

この神秘的な時間帯のなかにいるせいか、シダの姿はより妖精のように思える。

白いベールを頭にかぶり、その下には金色の刺繍の入った紺色のダボっとした衣服を着ている。膝丈くらいの衣服の下はズボンだろうか。

成人男性というより、少年少女が身につけそうな服装だ。

オメガは、男性らしさに欠けている者が多いので、ああいうふうに男性とも女性ともいえない、子供のような愛らしい衣服を身につけている。

薔薇の野原の入り口にいると、ミャウがレオニードに気づき、肩に飛び乗ってくる。小さくてとても可愛い猫だ。

この子も一緒に城に連れていきたい。

「シダさん、今日は傷にいい薬用オイルと、その元になる薬草を持ってきました」

「……」

オイルの入った瓶と薬草を渡すと、彼は驚いた顔をした。

めったに手に入らない東洋の薬草だ。彼は薬師としての知識はあるが、このあたりの薬草では彼の指の傷はすぐに良くはならない。

薔薇を育てているときにできる傷だろう。糸を紡ぐときにさらに傷が悪化してしまうのか、彼の指先はかなり痛々しい。

「これを一旦洗って乾かして、粉々にして水を足せば、いい塗り薬になるようです」

「……っ」

ありがとうございます――とほほえみとともに彼の口が動いた気がした。

「今日は……あなたには話があって」

レオニードはいつになく神妙な顔で言った。

早く城に連れていきたい。

薔薇を摘みたいのなら、毎日通えるようにする——と伝えようとしたそのとき、ふいに鼻腔に触れた甘い匂いに眉をひそめた。これまで感じたことのない甘美な香りだった。

「これは……」

今日はどうしたのだろう。いつもより彼の匂いが甘い。

オメガはたいてい蜂蜜で作ったお菓子のような甘い香りがしているのだが、今日はこれまで嗅いだことがないほど濃厚な香りがする。

シダのそばにいると気持ちが騒がしくなってきて動悸が激しくなってくる。

「……シダさ……」

顔をのぞきこむと、彼が困った様子でほおを赤くする。

くん……と、思わずその香りを確かめそうになったが、すでに恥ずかしそうにしている彼に余計な羞恥を与える気がしてやめた。

シダの透きとおるような白い皮膚がうっすらと薔薇色に染まり、首筋や目元の皮膚が小刻みに震えている。

「……もしかして……」

発情期がきてしまったのだろうか。と、意識しただけで、どくどくとレオニードの鼓動が高鳴ってしまう。

「シダさん、つかぬことを訊きますが……発情期ですか？」

問いかけると、彼が息を震わせる。

「やはり……そうなのですか？」

するとシダは困惑したような表情で薬草を握りしめたまま後ずさりした。

オメガは発情期にアルファと接すると、急に身体が変化してしまうというが。こんな状態で城になど連れていったら大変なことになる。

ダメだ、軽々しく連れていくわけにはいかない。

抑制剤があったとしても、基本的に、城内にはまだつがいの相手がいない発情期のオメガを入れてはいけないことになっている。

城は、父、叔父、従者、将軍、貴族等々……アルファだらけだ。

「……ん……っ」

シダが首を左右に振り、狩猟小屋のほうを指差す。両手を合わせ、今にもこぼれそうに涙をいっぱいにした眼差しで懸命にその心情を訴えてくる。

帰ってくれということなのだろう。耐えるのが大変そうだ。

「つがいの相手は……決まっていないのでしたね？」

そう問いかけ、愚問だったことに気づく。

オメガはつがいの相手が決まると、他のアルファの性欲をそそらないと言われている。つまりこんな香りがしないのだ。

あなたを自分のものにしていいですか？　と、ここで発情期に乗じて口にする勇気は持てなかった。彼に嫌われたくないのだ。シダが愛する相手のため、願かけしているのだとしたら、自分はとんでもないことを申し出てしまうことになる。

「抑制剤は……ありますか？」

「……」

シダは首を左右に振った。

ないのか。これまではどうしていたのか、と問う必要はないだろう。これまでそんな心配はなかったのだ。多分、アルファのレオニードがここに顔を出しているせいで、彼は発情期になってしまったのだ。

「耐えられますか？」

レオニードの言葉にシダは双眸に大粒の涙を溜めた。

そしてしばらく唇を噛み締めてうつむいたあと、神に祈るときのように両手を合わせてレオニードを見上げた。

「……」

訴えるようなすみれ色の眸。シダは大粒の涙を溜めたまま、そっとレオニードに自分から唇を近づけてきた。

いけない。触れてしまうと、抑制できなくなる。

レオニードはとっさにシダからあとずさった。

「……！」

シダが絶望的な表情をする。ポロポロと双眸からあふれる涙があまりにも切なくて、このまま押し倒してしまいたくなる。だが、その前にきちんと確かめておきたかった。

「……違います、あなたに先に尋ねてからでなければ……。あなたが私に……助けを求めている……と思っていいのですか？」

ゴクリと息をのみ、レオニードは静かに尋ねた。ほおを赤らめたままシダは小さく息をつき、うなずいた。

「……っ」

そしてシダは自身の首筋に指をさした。

「つがいにしていいのですか？」

シダがこくりと首を縦に振る。

ためらいのないその返事に、彼の深い決意が伝わってきた。つがいに選んでくれた。それがどういうものなのか。

「私を……好ましく思ってくれている……と受け止めていいのですか」

その問いかけにシダはギュッと唇を噛み締め、うなずくこともなく、そっとまぶたを伏せた。

長い睫毛（まつげ）の先が震えている。ほおはさっきよりも甘い薔薇色に染まり、彼からの香りがこれまでにないほど甘く感じられた。

いいのだ、つがいにしても。

シダさんも少しはこちらを愛しく感じてくれているのだろうか。

薔薇の花の願かけの相手が何者なのかはわからないけれど、シダはつがいの相手に自分を選んでくれた。

はっきりと返事があったわけではないのだが、そのことが伝わってきて喜びに胸が震える。片恋のままでも仕方ないと思っていたのに。

たまらず彼のこめかみにレオニードはそっと唇を寄せていた。

「……ん……」

シダがうっすらと吐息をつく。

その瞬間、胸の奥からどっとこみあげるものがあった。全身の血が逆巻き、いてもたってもいられない衝動とでもいうのか。

こんな感覚は初めてだった。

シダはレオニードの名前すら知らない。身分も立場もなにも。着ているものから、貴族の青年くらいに思っているはずだが。

「いいのですか、私のことをなにも知らないのに」

かまいませんというふうに彼がうなずく。

おそらく初めての発情だろう。きちんとわかっているのかどうか。

「私に抱かれてもいいのですね？」

シダはハッとした顔でうつむいた。

その横顔を見ていると、彼の心の不安や複雑な気持ち、けれどせっぱ詰まった身体の変化への戸惑いのようなものが伝わってきた。

（私は……決して人の気持ちに鋭いほうではない。どちらかというと疎いほうだ）

王太子として、周りから大切に育てられてきた。母からは疎まれてはいたものの、父王からも乳母からも愛され、ヤーシャを始め、良い従者や使用人に恵まれている。

だから愛されるのに慣れていて、その分、他者の感情に対し、鈍いところがあるのではないかと思うことが多い。

だがそれはとても孤独でもあった。

レオニードが法を犯したり、人道に外れる行動をしたりしないかぎり、なにをしても受け入れてもらえるのだ。

なにをしても許される。なにをしても咎（とが）められない。誰も自分を憎んだり嫌ったりしない。笑顔と優しさだけで包まれる。

教育係のヤーシャでさえ、ちょっとわがままを口にしても呆れたように少し注意を口にするだけで決して本気で叱ったりはしない。

それはレオニード自身もそうだ。

周りが求めている「王太子」という立場から逸脱したことはない。しようとも思っていない。

剣術大会では最下位かもしれないが、勇猛さはこの平和な国の「王太子」に求められていることではない。

このままでは誰とも本気の交流が持てないのではないか、一生、綺麗なだけの人形でしかないのかという気持ちが心のどこかにあった。ただの自分自身という存在とむきあってくれる相手を心のどこかで求めていた。

それならただの自分自身として、王太子ではなく、一人の人間としてはっきりとシダに気持ちを伝えなければ——という気持ちが湧いてきた。

「シダさん、聞いてください。私は……どうしようもないほどあなたのことを想っています」

レオニードの言葉に、ハッとシダが顔をあげる。潤みきった双眸がふるっと震え、一筋の涙が彼のまなじりから流れ落ちていく。

喜びの涙——?

そう受け止めていいのか不安になりながらも、シダのさくらんぼのような唇が切なそうにわずかなほほえみを刻んでいる気がして、レオニードは言葉を続けた。

「愛と呼べるほどの気持ちなのか……確証はないのですが、おそらくこれは愛だと思います。生まれて初めてなんです、こんなにも人を愛おしいと想ったのは」

「……っ」

「だから……嬉しいんです、あなたがつがいになってくれたら。ただその一方で……こんなふうに急にあなたを抱いていいのか……不安で」

するとシダは「どうして?」というふうに小首をかしげた。

「怖いんです、愛しいと思う相手に触れたことがないので」

このまま抱きしめて嫌われないか……不安なのだ。

こんなやつ、嫌だと思われてしまったらどうすればいいのか。そしてそれが原因で二度と彼に会えなくなったら。

「もちろん、あなたが嫌がるようなことはいたしません。ただ……どうすればあなたに喜んでもらえるかがわからなくて。だから、シダさん、気に入らないことがあったら何らかの方法で意思を伝えてください。少しでもあなたにとって、良い記憶となるように抱きたいから」

祈るような思いで伝えると、シダはとても透明感のある笑みを見せた。

そしてレオニードの手をとり、自分のほおを近づけていった。そして愛しそうにそっとそこに口づけしてきた。

ふわりと触れる彼の皮膚……。優しい感触。甘い喜びで胸がいっぱいになっていく。と同時に、落雷を受けたように身体が痺(しび)れてくる。

「……シダさん……」

さっきのこめかみへのキスも同じだ。触れただけで身体の奥が変化してしまう。

「そうだ、まだ名前しか伝えていませんでしたね。私は二十歳過ぎで、この湖のすぐ近くに住んでいて……」

王太子だと伝えようとしたが、シダが自分の年齢を伝えようと指で数字を示してきたので、先にそっちを数えることにした。

「十八……もっと幼いと思いましたが、あなたは十八歳なんですね」

少し驚いたように言ったレオニードにシダが淡く微笑しながらうなずく。その笑みがあまりにも愛らしくて、どうしようもない。

シダは籠にあった数冊の本に手を伸ばし、そのうちの一冊を手に取り、真ん中あたりのページをひらいた。

突然、どうしたのか。見ろということか？

羊皮紙が変色している。何度も読んだような痕跡（こんせき）がある羊皮紙でできた本だ。刺繍が施された装丁には不思議な模様が描かれている。

スタボリアのものではない。

刺繍の肌触りが心地いい。そっと羊皮紙を傷つけないように中をひらくと、あるオメガの気持ちが綴（つづ）られた古い詩集だった。

ラテン語だったが、それほど難しい言葉ではなかったので、軽く勉強しただけのレオニードでも読むことができた。


ぼくはなにも望まない。ぼくはなにも欲しくない。

小鳥でいい。小さな花でいい。あの雲でいい。この風でいい。

このまま静かに塵（ちり）となって消えるような人生でいい。

本当になにも望まない。誰かになにかして欲しいなんて思っていない。

ただ他の誰かに犯されるより、あなたのつがいにされたい。

たった一人、あなたの腕に抱きしめられたい。

それだけでいいから、どうかしるしをください。


知っている、この詩はたまに耳にしたことがある。

旅の吟遊詩人がよく歌っている。オメガとして生まれたことを嘆いているのではなく、オメガの純愛が歌われているのだ。

「これを……あなたの気持ちと受け止めてもいいのですか？」

緊張しながら問いかけると、シダがコクリと静かにうなずく。そしてそこに記された文字をそっと指でなぞった。

――たった一人、あなたの腕に抱きしめられたい。

「いいんですね、あなたの気持ちだと思っても」

シダが微笑して再びうなずく。

胸が甘く疼き、レオニードは知らず口元に笑みを刻んでいた。

嬉しい。たった数週間、週末にここにきて、彼の手伝いをしていただけなのに。

それでも幸せだった。彼と一緒にいるだけで、幸せだった。

互いに相手の身分もなにも知らないまま、この森で出会ってしまったアルファとオメガ。

ああ、彼からは何という甘い匂いがするのか、もう止められない。

「では、つがいに。あなたを私のつがいにします。性的な衝動でも……アルファだからでもなく、ただひとりの人としてあなたを愛しく思っているから」

そう呟くと、彼はまぶたを閉じて唇を震わせた。

眸から大粒の涙が流れ落ちていく。その涙が喜びからのものだと思っただけで、こちらまで涙腺がゆるんでしまいそうになる。

初恋の相手でもあり、生涯、添い遂げたいと思う相手。

愛している。どうしようもないほど惹かれている。

大きく息を吸い、レオニードは後ろからシダの肩に手を伸ばした。細い肩をそっと自分に引き寄せ、彼のベールをあげて細い首筋に唇を近づけていく。

「……っ」

シダの身体は緊張のせいか、とてもこわばっている。

もちろん自分もひどく緊張していた。

そっと首筋の皮膚に歯を立てると、ふっとあたたかい花の蜜のような匂いが強くなり、脳が痺れてくるような感覚を抱いた。

つがいの儀式の立会人のように、レオニードの肩に乗っているミャウが尻尾を揺らしている。その影が地面で揺れていた。

「シダさん……大好きです」

風のやんだ静寂な薔薇園の花が二人を祝福するように大輪の花びらをひらいている。

夕日が少しずつ沈んでいくブルーモーメントの空が優しく二人を包んでいるかのようだ。

彼の皮膚を嚙みしめた瞬間、シダが摘んでいた薔薇の花びらが口内に溶け、レオニードの体内で噎せ返っているような錯覚すら覚える。

その花のなかで窒息したい。溺れてみたい。そんな気持ちがこみあげてくる。

彼がオメガだからではない。本気で好きだから。

レオニードはシダの首筋から唇を離すと、今度は彼のあごをつかんで唇を重ねる。

すると、二人の邪魔をしてはいけないという気持ちからなのか、レオニードの肩からミャウが飛び降り、湖の方に姿を消す。

うっすらとその影を確かめながらレオニードはシダに唇を押し当て、そっと彼の口内に侵入していった。

「ん……っ」

身体の向きを変えて抱きしめると、レオニードは肩からはおっていたマントを地面に敷いてシダを静かに横たわらせる。

花園の向こうにある教会まで彼を連れていくだけの余裕はなかった。

だめだ、もう我慢できない。

それにこの青色の光のなかで彼を見たいという感情も芽生えていた。

こんな感情を持ってしまって、この聖なる森に吞まれたらどうしようと思いながらも、森は静寂のまま、レオニードとシダを包みこんでいる。

「愛しています、大好きです、シダさん」

この気持ち――愛。この聖なる森は自分の愛を認めてくれているのだと思うととてつもない幸せな感覚になれた。

レオニードはシダのズボンを脱がし、そっと衣服をたくしあげていった。すると、シダは息を呑み、かすかに震えた。

「……！」

夕暮れどきの世界が黒いマントの上に横たわるシダの白い足を、なまめかしく浮かびあがらせる。その恐ろしいほどの白さに目を奪われるように、レオニードはゆっくりとシダの内腿(うちもも)に指を伸ばしていった。やわらかな、それでいて滑らかな皮膚に触れた瞬間、火花が散ったようにレオニードの指先が痺れる。

指からじわじわと伝わる感触にレオニードの全身が粟立(あわだ)っていく。

レオニードはシダの襟元に手をかけた。

「……っ……！」

ゆっくりとシダの襟をひらいて薄い彼の胸で淡く膨らんでいる小さな突起に唇を近づけた。

舌先でつつくとシダの身体が小さく跳ねあがりそうになる。

「……っ」

初めて触れるシダは少年のような幼さを残している。舌先で乳首に刺激を加えると、彼の匂いがいっそう強くなる。

「あ……は……」

言葉は話せないが、声は出せるらしい。

とても耳に心地よい艶やかな声だった。

吐息だけでも葡萄酒を飲んだときのような感覚になるのに、声まで聞いてしまうと、胸の底からこみあげる慕わしさを止めることができない。

軽く歯を立てて弄ぶと、シダの肌も少しずつ潤んでいく。淡く染まった肌がしっとりとこちらに絡みついてくるようで胸がざわめいた。

「あ……っ」

レオニードは優しくシダの足の間に手を伸ばした。

オメガはここを使ってアルファを受け入れ、子を孕むというが……こんな細くて小さな少年が母親になるのは無理だろう。

それでも結婚したい。固い窄まりを押し開き、レオニードはそっと指先で揉みしだくようにそこを慣らしていった。

オメガはすぐにここを柔らかくして、蜜で濡れてくると聞いていたが、シダはまだ初めての発情のせいか、身体がこわばっている。

それともレオニードを受け入れるだけの心の準備ができていないのか。

そんな不安を感じながら、何度も指の角度を変えていくうちに、やがて繊細な内壁がぴくぴくと軽く痙攣し始める。

さらに立ちこめる甘い匂い。息苦しげな吐息が夕闇に響く。

「ああ……っ……」

欲しい――。

ただ欲しいだけではなく、愛おしい。彼を愛したい。彼に愛を誓いたい。

シダが欲しいという気持ちが止まらない。

レオニードは狂おしい気持ちのまま彼を求め続けた。

3　秘密

どうしてこんなことになってしまったのだろう。

恋をするつもりなんてなかったのに。

金色の髪をした美しく優しい青年――レオニードの腕に抱きしめられながら、シダは複雑に揺れる心と熱っぽくなっていく身体をもてあましていた。

「ん…………っ……はあ」

シダは声が出ないわけではない。

けれど言葉を紡いではいけないのだ。声だけではなく、文字であっても自分の意思や欲望を『言葉』という形で表すことができない。

自分で立てた誓い。

魔女と闘うためには、自分の魂を神にあずけたあと、それだけの意思の強さを示していくことが必要だ——と教会の本に記されていた。

それゆえ、シダはずっと言葉を殺して暮らしていた。

「……とてもいい香りがする……」

愛しそうに髪を撫でてくる彼の指先の感触が心地いい。こめかみやほおにそっと触れてくる彼のくちづけが胸を甘くする。

初恋のひと。まだ出会って一カ月ほどなのに、こんなにも好きになってしまうなんて。

初めて会ったときから、彼の思いやりに満ちた言葉や心遣いがあまりにも嬉しくて、誰も好きにならないと決めていた己の誓いを一瞬で崩してしまった。

正しくは、一瞬で崩れてしまったのだ。

『あなたが懸命に糸を紡いでいる姿を見ていると、私ももっとなにかに熱心になりたいと思うようになりましたよ』

『せめてなにか役立ちたくて。くるみくらい私に割らせてください』

『あなたの指にと思って、これを持ってきました』

いつもいつも、もうしわけなく感じてしまうほどこちらを気づかってくれる。

どうしてそんなに優しくしてくれるのですか？　そう尋ねたいのに、なにも訊けない自分がもどかしい。

なによりこの胸の喜び、感謝、それから彼への想いを言葉にできないのが一番哀しい。

彼が『……シダさん』と、少し遠慮がちに、けれどとても大切そうに語りかけてくるときの声が好きだ。

シダが気を遣わないようにと、こちらが見ていないときに彼がそっと薔薇園の雑草を抜いてくれているのを知っている。

週末、彼が帰ったあと、ふと見れば薪が増えている。シダの役に立とうと、なにも言わずにそっと足しておいてくれるのだ。

そんな彼の思いやりに触れるたび、鼻の奥がツンと痛くなり、胸がどうしようもないほど騒がしくなった。

と同時に、果てしない罪悪感に胸がキリキリと痛んだ。

どれほどの想いをむけられても、今の自分は彼に応えることができない。ここにいるのは、神に魂を捧げ、言葉と人としての生活を捨てた人間なのだから。

だからこれ以上好きにならないようにしようと思っていた。

それなのに、彼がきてくれるだけで世界がパッと明るくなったような気がして、すべてがきらきらと輝いて見えてしまう。

週末、彼がきてくれたときに少しでも一緒にいられる時間を作ろうといつも以上に糸紡ぎに集中したり、彼が喜んでくれそうなものはないかとパン作りやお菓子作りのことを考えたり。

毎週毎週、レオニードが現れることが嬉しかった。

そして彼がそばにいるだけで切なさがこみあげていた。

こういう気持ちが恋というものだと自覚したときは遅かった。止めることができないほどの想いで胸がふさがってしまっていた。

だから身体が知らず反応してしまったのだと思う。これまでそんな症状が出たことは一度もなかったのに。

いや、そうならないはずだったのに。

それなのに、この人が恋しくて恋しくて、焦げつきそうな熱がいつの間にか身体に溜まって、これまで眠っていた発情の熱に火がついてしまったようだ。

「……とてもかわいいです、あなたが好きです」

腰を抱きこまれ、耳朶を吸われるだけで、さわがしく胸がざわめく。足の間に長い指先がすべりこんできただけで胸がドクドクと波打つ。

「……」

そっと彼が唇を近づけてくる。その瞬間を息を止めてじっと待つ。触れるか触れないかの、大切なものを壊さないようにしようとするときのキスだ。

（好き……誰よりも好きだ）

名前しか知らない。あとはくるみを割るのが上手なことくらい。けれど好きという気持ちが胸のなかであふれかえっている。

「……シダさんも……私を……好ましく思ってくれて……いますか？」

何度か唇をついばんだあと、レオニードは遠慮がちに問いかけてきた。シダは睫毛を揺らしてうなずくと、しっとりと濡れた彼の唇を指でなぞっていった。

はい、思っています、と告げる代わりに。

「よかった、ありがとうございます」

ほっとしたように微笑して、今度はさっきよりも濃厚なくちづけをしてきた。かすかな吐息を漏らしながら、シダは恐る恐るレオニードに身をあずけた。

「ん………っ」

絡みあう口腔のやわらかな粘膜が心地良くてそこからとろけそうだ。

レオニードの存在を少しでも溶かしこもうと、シダは自分でも驚くほど従順に口内に入りこんできた舌に自分の舌を巻きつけていた。

——好きです……と言葉にするのは簡単だけど。

言えない。言ったら、せっかくここまで築きあげたものが消えてしまう。守ろうとしている世界が壊れてしまう。

シダは眸を涙で潤ませていた。涙に気づき、レオニードが戸惑いがちに唇を離す。

「すみません……性急でしたか？」

いいえ、とシダはとっさに首を横に振る。レオニードはシダをじっと見つめ、困惑したように眉をひそめた。

どうしよう、不快に思われただろうか。こんなに好きなのに、それを伝えられないことがどうしようもなく哀しくて涙を流しただけなのに。

嫌がっているように見えて、この人の心を傷つけてしまっただろうか。

そんな不安を抱いたシダだったが、余計な心配だった。レオニードは目を細め、何とも言えないような、少し切なげな表情を見せ、涙でこめかみにはりついたシダの髪の毛をそっと梳きあげながら、癒やすようなキスをほおに落としてきた。

「あなたが大好きですよ」

その一言にまた熱いものがこめかみを濡らしてしまう。

言葉がなくてもこの人には気持ちがちゃんと伝わるのだと思うと、甘い蜜菓子を胸につめこまれたような幸福感に満たされた。

「嫌なら嫌だと示してください。そうではないかぎり、私はあなたのさっきの詩、それからあなたの笑みを信じます。いいですね？」

シダは、コクリとうなずいた。恥ずかしさと緊張でいっぱいだったけれど、それでもこのひとと触れあっていたかった。

「綺麗な肌をしていますね」

首筋から胸へとキスをくりかえしていく彼の吐息が心地いい。そのせいかとろとろと身体の中心から熱い雫が滴って内腿を濡らしているのがわかる。

膝をすりよせるシダに気づいたように、レオニードが指を絡めてきた。感じやすい先端に指先が触れ、カッと背筋に痺れが奔る。

「ああ……っ」

自分の変化が信じられなくて恥ずかしい。それなのに鼓動が高鳴り、彼が指を絡めているところから迫りあがってくる快感がすごい。

「ん……ふ……っ……ふっ」

やがて後ろから入ってきた指先が奥をさぐりあて、シダは息を呑んだ。

ぐぅっと長い指が体内にはいりこみ、全身が総毛立つような気がした。敏感な粘膜を指の関節でこすられると、シダは甘い声をあげてしまう。

「……あ……んっ……っ」

夕暮れどきの静謐な薔薇の園にシダの息の音が反響している。

「あ……あぁ……っ……ん……んんっ……」

言葉で気持ちを伝えられない分、このひとへの想いを吐露するように身体が熱く反応してしまっている。

狂おしそうに肌を吸われると、シダの肌は熱を帯びてしっとりと汗ばんでくる。ひんやりとした野薔薇の精気がそこを撫でていくのがとても気持ちいい。

触れられただけで、強く抱擁されただけで、このまま死んでもいいと思うほどの幸福感をおぼえてしまっている。

いつしか窄まりがやわらかく綻び、彼の侵入を求めているのがわかった。発情期のオメガはそこにアルファの精を注ぎこまれると、体内に命を宿してしまうというけれど。

「あ……ううっ」

つがいの契約を結ぶと、オメガはその相手以外のアルファを肉体的に受け入れられなくなってしまうらしい。

そしてその相手に触れられると、少しずつ肉体がほころび、アルファの牡を受け入れやすくしようと、そこがしっとりと濡れてくるとか。

最初はまったくそんな気配はなかったのに、レオニードにほぐされていくうちに、シダのそこが甘い蜜でぐっしょりと濡れてくるのがわかった。

恥ずかしい。ああ、こんなふうに身体が変化してしまうなんて。

オメガの肉体とはどういうものなのかきちんと学んではきたけれど、実際、経験するのと知識として知っているのではずいぶんと違うものだ。

「ん……っ」

噎せるような甘い薔薇の香りと肌から漂うオメガの香りが溶けあって奇妙なほど淫らな気持ちに刺激されていく。

「ああ……はあ……っ」

やがてレオニードが体内を抉ってきた。

快感のあまり、シダは我を忘れて身をよじらせた。マントの下の地面が肩に当たって痛むけれど快楽がそれに勝っている。

「はあ……あぁぁ、ああっ」

すでに周りは暗くなっている。それでも青い月光が明るく薔薇園を照らしている。

いつしかレオニードがマントの上に横たわり、シダは足を開いて下から貫かれるような格好をしていた。多分、地面の痛さから守ってくれているのだろう。

「はあ……あっ……っ」

ああ、レオニードとつながっている。

ぐいっと感じやすい粘膜をこすられ、それだけで心地よさが広がってくらくらと目眩がした。

激しい揺さぶりに息も絶え絶えになる。

粘膜を広げていく圧迫感に身体の飢えが満たされていく。

「あぁ……あぁっ、あ……っ……っ」

快楽の波が意識を蕩かしてしまう。たまらず大きな声をあげそうになるが、必死でそれを呑み込む。

苦しさからのがれようと、シダは知らずレオニードの肩に爪を立てていた。

脳が痺れていくような快感をおぼえながら、シダはレオニードの動きに身をまかせた。

こんなふうに他人とつながう日が自分にくるなんて考えもしなかった。

この人をこれ以上、好きになってはいけない。

人を好きになってはいけない。

ただつがいにしてもらっただけ。それしか自分には許されない。今はまだ真実を告げることはできないと必死に己を抑制していたのだが。

「ああ……っ……あっ」

ずんずん……と下から貫かれ、身体がゆさゆさと揺れる。そのたび、青い光の下で薔薇の園も揺れているように感じられた。

ふわっと空を飛んでいた白鳥が湖へと舞い降りていく姿がぼんやりとした視界の先に見える。湖の向こうには、おとぎ話に出てくるようなこの国の王さまの城。

小高い山の上に建った城が湖に映っている。

それがとても美しくて、シダは夢のなかで愛する相手と結ばれているような心地よい幸福感をおぼえていた。

聖なる森と聖なる湖にまもられたスタボリア王国。自然が豊かで、暮らしやすい気候の、世界で一番美しく平和な国と言われている。

とても頼りなくて軟弱な王太子がいるという噂だが、それでも平和でさえあれば、十分、幸せだと思う。

自分もこの国で生まれたかった。後継者が強くなくても、弱々しくても、ここでは、こんなにも美しく穏やかな時間が過ごせるのだから。

そんなことをぼんやりと考えながら、レオニードから狂おしく求められ、その熱い波に酔い痴れるように、月の光を肌に感じながらシダは甘い息を吐き続けた。

あまりにも幸せな、本当に夢のような一夜だった。

愛するひとがいて、そのひととつがいになれたことがこんなにも身体に力を与えてくれるなんて。生きる希望や意欲や支えになってくれるなんて。


「……っ」


シダはまだ身体に残る甘い痛みに浸りながらも、懸命に糸車をまわしていた。

カラカラ、カラカラ……と糸を紡いでいく。

今は使われていない教会の聖堂を作業場にしているが、ステンドグラスから差しこんでくる光が天日干しをした薔薇の花で染めた糸をきらきらと虹色に煌めかせている。

あと少し。あと少しで糸が完成する。

シダはレオニードがくれた薬用のオイルを指先に塗りながらカラカラと糸車をまわした。

これを塗ると、指先の傷の痛みがずいぶんと楽になる。おかげで作業がとどこおりなく進められてとても助かる。

(よかった、これで早く糸を紡ぐことができる)

薔薇の棘に触れると、どうしても血が出てしまう。そうなれば、血がにじんでしまうので糸を繰れなくなってしまう。

かといって、薔薇を摘まないわけにはいかない。

この聖なる薔薇は、シダの意思の強さ、シダの祈りの深さを試しているのだから。

魔を寄せつけないという「聖なる森」——その空気と土と、そして「聖なる湖」の水を養分にして育った特別な薔薇。

その薔薇の花が咲き、あと一日で枯れるという日に合わせて摘みとり、花びらを集めなければならないのだ。

そうしてカゴいっぱいに集めた薔薇の花びらを煮詰めた薔薇水に、繰りあがった糸を七日間ひたして染める。

今はまだ糸作りまでしかできていないけれど、このあと、完成した薔薇色の糸に薔薇の花びらを織りこみながら一枚の絨毯を編みあげなければならない。

気が遠くなりそうな作業だが、古来よりシダが生まれたエデッサ公国の御巫たちの間で伝承されている魔除(まよ)けの方法だ。

「聖なる森」も「聖なる湖」も、シダの生まれたエデッサ公国にはない。

このスタボリアにしかない。それゆえ「聖なる森」と「聖なる湖」を求め、何度もエデッサはスタボリアに侵攻してきた。

しかし森も湖も邪心のある者は足を踏みいれることができない。戦争をしかけても決して手に入らない幻のような場所。

（その結果、スタボリアはエデッサを拒否するようになり、国交を断絶してしまった）

ここに敵国エデッサ出身のシダがいることがわかれば、スタボリア兵に捕らえられ、処刑されるか、国に返されてしまうか。

いずれにしろ時間の問題のような気がする。だからこそ急がなければ。ここで薔薇の絨毯をつくらなければ。

祈りをこめた作品を仕上げなければ。でなければ、悪魔に支配されてしまう。エデッサ公国が悪魔と契約した魔女のものになってしまう。

せっぱつまった思いで糸を紡いでいるシダの姿をミャウが心配そうな顔で見ている。

シダはミャウにほほえみかけた。するとミャウが足元でころころと毛糸のように転がり、シダの足の甲を枕に眠り始める。

「……」

愛しいミャウ。

この子がいてくれるおかげで、ここでの生活に寂しさや心細さを感じたことはない。

そして――。

シダはポケットからくるみを一つとりだした。

レオニードが割ってくれたくるみ。

殻がきれいに割れて、中から一粒出てくる。それを口に含んで噛み締める。

肉厚のくるみの食感がとてもいい。噛み締めると、ドライフルーツのような甘味が出てきてとてとも幸せな気持ちになる。

『これからは私がくるみ割りをしますから』

きれいな指先で器用に道具を使い、くるみをパンっと割っている彼の姿を思い出しただけで自然と口元が綻んでくる。

彼にはこの絨毯が完成するまで、身分も立場も、自分がここにいる理由も伝えることができない。愛しているという気持ちすら、言葉では伝えられない。

けれどいずれ伝えなければ。

(ぼくが……敵国エデッサの第二公子であることと……魔女に捕らえられている兄を助けるため、ここで魔物を払う絨毯を作っていること、そのために神に魂をあずけていることを)

その日まで強くありたい。そして優しくありたい。

負の感情をもたないように。

この森で暮らしていくには、心を清く保ち続けなければならない。

恋をしてどうなるのか。不安ではあるけれど、レオニードの愛のおかげで、ここでの生活に光を感じているのは事実だ。

ただ、ずっとこのままではすまない。

それとも彼は待ってくれるだろうか。シダがすべての使命を果たすそのときまで。

何の真実も知らないまま、愛し続けてくれるだろうか。

そんなことを考えながら糸車をまわしていると、足元にいたミャウがトントンと前肢でシダをつついてきた。

「……っ」

ぐつぐつと鍋が煮え立っている。

レオニードが起きる前に食事の支度をしようと、鍋を火にかけておいたのだ。

ポテトとキノコのポタージュスープのいい香りがしてきた。

火をゆるめなければ。

シダは糸紡ぎの手を止めると、暖炉の前に行き、鍋のなかにハーブを足した。

森は自然が豊かだが、食べ物に困らないのは「聖なる湖」とミャウのおかげだ。

この森の入り口で死にかけていた小さな仔猫。彼はこの森の神の使いだと思う。

毎朝、ミャウが必要な食材を見つけてきてくれるのだ。

決して成長しない小さな猫。

ミャウが見つけてくれるのは、その日、欲しいと思った食材を必要な分だけ。レオニードがくることもわかっているのか、週末だけいつもより食材が多い。

朝一番にミャウのあとをついていくと、いつもそこに卵や野菜や肉が置かれている。

この森は本当に不思議な森だとしみじみと思う。

清らかな祈り、清らかな思いを抱いている者しか生きていけない薔薇の楽園。

ただ、冬の間、ここで過ごすのは無理だろう。それまでに絨毯を織らなければ。


「おはようございます」

朝食の支度を終えて、また糸車の前に座ろうとしたそのとき、レオニードが奥の寝室から現れた。シャツの上にしどけなく乱れたチョハの着こなしがかっこいい。

「すみません、ぐっすり寝てしまいました」

額に垂れた前髪をかきあげ、窓からさす朝日を浴びながらレオニードが微笑する。

シダは首を左右に振り、同じようにほほえみかえした。

なにもかも素敵だな、としみじみ思う。

昨夜、薔薇の園のなかで結ばれたあと、この建物に戻ってきて寝室でずっと睦みあっていたように思う。

オメガの発情というのがあんなにもすごいものだとこれまで知らなかった。

噂には聞いていたけれど。相手を好きだという気持ちのせいなのかもしれないけれど。

「……っ」

ハチャプリとスープをどうぞ、と、お皿を用意する。

飲み物はこの国ではどこでも採れる甘い葡萄のジュース。このあたりは古来からワインの産地として有名だが、ここにはジュースしかない。

ハチャプリは子供からお年寄りまで気軽に食べることができる。

塩気の強い熱々のチーズがとろとろと溶け、生卵とバターをそこに乗せて混ぜながら食べるととてもまろやかになっておいしい。

「シダさんの作るハチャプリ……本当においしいです」

彼が幸せそうにハチャプリを食べる姿を見るのが大好きだ。

「でも、私も作れないか、家の厨房で挑戦しているんですよ。上手にできるようになったら、食べてくれますか？」

もちろんです……と、伝えたくて、シダは笑顔でうなずいた。

「シダさん、ほおにチーズが」

レオニードが手を伸ばし、シダの口元を拭ってくれる。驚いて自分のほおに伸ばした手を彼がそっと包みこみ、自分のほうにひきよせて指先にキスしてくる。

「あの薬用オイル……使ってくれたんですね」

香りがしたのだろうか。シダの指先を見て、レオニードは淡く微笑する。

ありがとう、と感謝の気持ちを伝えたくて、今度はシダがレオニードの手をとり、そこにそっとキスをした。

互いに見つめあって笑顔をむけあったそのとき、かまどから香ばしい香りがしてきた。

ちょうど焼いていた鶏肉料理が完成したようだ。

鶏の胸肉にミルクチーズソースをかけた料理だ。焼き色がついた鶏肉をオリーブオイルを使って炒め、ニンニクとバターと牛乳を入れたソースをスープ風に煮たてたあと、軽く煮込んで、最後にチーズをのせる。これもレオニードのお気に入りのようだ。

そしてデザートは、クルミをブドウジュースと蜂蜜で煮込んだゼリーのようなお菓子。とてもおいしいのだ。

「いいですね、こういうの」

何もない簡素なテーブルに、刺繍のついたテーブルクロスを敷き、中央に赤い雛罌粟の花を一輪だけ飾り向かいあって食事をする。

雛罌粟にしているのは、何となく薔薇と違う花を飾ってみたい気がしたからだ。

窓からさす太陽の光が斜めに落ち、二人の姿を淡く浮かびあがらせている。

幸せだな、と思う。

なにもなければ、本当に幸せだ。

甘い薔薇の香りのするこの小さな教会。

大好きなひとと一晩中睦みあって、朝、ステンドグラスからの光に満ちた部屋で、花びらがいっぱいにあふれるなか、向かいあって朝食を食べる静かなひととき。

二人の傍らには、小さな仔猫のミャウ。

テーブルの上に乗ってきたので、ハチャプリのかけらをミルクに浸して、小さな木製の器にのせてミャウに差し出す。

本当に何という幸せだろう。

愛だけしかないこの空間。ただそれだけの場所。それが切ないまでに愛おしい。その大切さをかみしめているうちにシダのほおに涙が流れ落ちていく。

「大丈夫ですか？」

心配そうにレオニードが手を伸ばし、そっと指先でほおの涙をぬぐってくれる。

レオニードをじっと見つめ、シダは淡く微笑する。

その手が愛おしくてしょうがなかった。

昨夜は生まれて初めての行為だった。

でもいつかこうした経験をするだろうというのはわかっていた。

発情期がくるのがずっと怖かった。抑制をする薬草はあるものの、完全にオメガとしての匂いを消すことはできない。

発情期がきてしまったら、いつ誰に性行為を求められるかわからない。

ここで一人で暮らしていると、アルファに犯されても不思議はない。「聖なる森」に邪な人間は入ってこない。けれどフェロモンによって豹変（ひょうへん）するとも限らないのだ。

それは覚悟していたし、わかってもいた。

知らないアルファに犯される可能性。複数の可能性だってありえる。

それでもここにいなければならない以上、もしそうなっても嘆かないと自分に言い聞かせて暮らしてきた。

ここにいる目的が果たせるなら、それ以外のことはすべて捨ててもかまわない。そんな強い意志を持ってきたのだ。

どんなことがあってもここでしか咲かない薔薇の花を摘みとり、糸を紡ぎ、それで染めた糸で絨毯を編み、兄を救うという自身の使命。

それがシダの生きる目的であり、聖なる薔薇にかけた願い。このことは誰にも言えない。言った瞬間、願いの効力が失われてしまうからだ。

くるみのお菓子を食べたあと、薔薇の紅茶を用意していると、レオニードがふと尋ねてきた。

「シダさんは……この国の人間ではありませんよね」

シダは視線を落とした。

ひとことでも話をしてはダメ。自分の身分を明かしてもダメ。そう己に言い聞かせる。

「すみません、不躾なことを訊いて」

「……」

シダは表情を変えず、薔薇の紅茶をいれたカップをレオニードにさしだした。笑みを消し、それを口に含むと、レオニードはちらりと窓の外に視線をむけた。

「……もう間もなく冬になりますね」

ええ、とシダは心でうなずいた。

夏が終わり、秋になろうとしている。白樺の葉が少しずつ色づき、菩提樹の葉も美しい深緑からくすんだ黄色へと変化しつつある。

沈まない太陽の赤々とした光に満ちた日々が遠ざかり、朝、目覚めるたび、「聖なる森」の色彩が美しい秋色に変化していることに気づく。

空気は以前にも増して澄み、朝夕の風は肌をひんやりと撫でていく。

ミャウが用意してくれる森の恵みも、栗や力ボチャ、林檎、ブルーベリー、クランベリー……と、秋の収穫物が少しずつ混ざり始めている。次にレオニードがきたときは、栗と林檎のお菓子を用意しようと思っていたところだ。

「冬……この森は雪に覆われ、人が入れないような場所になってしまいます」

レオニードは神妙な口調で言った。

「ここで冬を過ごすのは危険だ。食べ物だって、薪だって足りなくなるでしょう。あなたになにかあっても、助けに来るのも難しい」

それはわかっている。だから急いでいるのだ。

「もうすぐ我が国をあげての秋祭――聖スタボリア祭があります。収穫を祝う祭ですが……それが終われば、ここは一気に冬へと変化していきます」

そうだ、ここが雪に覆われる前に糸を紡がなければ。あと少し、あと少しで絨毯が編めるだけの糸が完成する。

「あなたさえよければ、聖スタボリア祭に一緒に参加していただけないでしょうか」

「――――っ！」

シダは大きく目を見ひらいた。

「そこで私の愛するひとだと、周りの人間に紹介したいのですが」

「……っ」

シダはレオニードをじっと見つめた。

「できれば妻に。無理なら、恋人としてでも」

「……！」

妻だなんて。それは無理だ。

「ここから馬を飛ばせば、そう遠くありません、あなたと一緒に暮らしたいんです。恋人というのがダメなら、せめて一緒に暮らすだけでも。ミャウも、あなたの糸車も薔薇も、それからあそこにある書籍や荷物もすべて私のところに運んで」

その思いが嬉しくてまた眸に涙が溜まってくる。けれど。

——ダメです。できません。

シダは唇を噛みしめ、かぶりを左右に振ってうつむいた。ぎゅっとにぎりしめた両手にぽとぽとと涙が落ちてくる。

「……私ではダメなんですか？」

シダはもう一度大きく首を左右に振った。

「では、どうして」

どうして——ああ、その理由が言えればどれほど幸せだろう。けれど言ってしまったら、兄はおしまいだ。エデッサ公国も滅びてしまう。

——お願いです。どうかなにも訊かないで。

顔をあげると、シダは両手を合わせた。

「嫌いではないから……つがいにしてくれたのですよね」

シダはうなずいた。

嫌いどころか、大好きだ、とても好きだ、愛している——けれど告げることはできない。

レオニードは小さく息をつき、立ちあがると、壁にかかった薔薇色の糸をじっと見つめた。そして少し淋しそうに微笑した。

「……わかりました、すべてあなたの好きにしてください」

え……。

シダが目を見ひらくと、レオニードは手をさしだしてきた。

「来週、迎えにきます。それまでに用意しておいてください」

でも、それは……。

「私の妻にはしません。恋人として紹介することもあきらめます。あなたが誰かへの愛のために、なにか大切なことをしているのは知っています。そしてそれを私が知ってはいけないことも」

知っている？　この薔薇に託している願いを、彼は知っている？

「あなたが一番愛している人間が私でなくてもいいんです。私はあなたのつがいとして、オメガとしてのあなたを守ることができれば。あなたに触れさせてもらえるだけで十分です」

シダは息を震わせた。

「ですから、どうか恐れず、私のところにきてください。あなたはあなたの愛を貫いてください。私はそれを守ることを自分の愛の形とします。ですからどうかあなたは、ご自分のなすべきことを果たしてください」

その祈るような言葉にシダは大きく目を見ひらいた。

（そうか……彼も文献を読んでいるのだ、聖なる薔薇の力についての）

だからシダが誰か愛する者のために必死に願かけをしていると気づいていたのだ。

それが兄だとは知らず、彼は自分以外の誰かをシダが愛していると勘違いしているのかもしれない。だからこんなことを。

別の人間を愛していてもいい。でも自分は守りたい。何としても守るから、自分の使命を果たしてくれ――と彼は言っているのだ。

何というひとなのだ、このひとは。

彼こそこの「聖なる森」の神かもしれない。そんな気がしてくる。

「来週までに準備を。私を信じてください」

レオニードはそう言うと、防寒用にと自身のマントを残して去っていった。

レオニード……。

来週末、彼のところに。そうすれば、冬の間も無事に作業ができる。

けれど彼に甘えていいのか？

あの上品な話し方、優雅な物腰……。

くるみを割るのが仕事だなんて言っているけれど、どう見ても、レオニードは大貴族の御曹司だ。きっと縁談も多いだろう。

なに不自由ない暮らしをして育ったように思う。

あんなに美しく、知的で、優しい貴族の青年なら、誰からも愛され、大勢の女性からも素敵なオメガからも大人気だろう。

それなのに彼はどうしてか淋しそうだ。

初めて湖畔で見かけたのは、白くて優美な服を身につけ、白い馬に乗っている姿だった。

驚くほどきれいな青年の姿に、思わず薔薇をかかえたまま見入ってしまった。

けれど美しいだけでなく、彼はとても淋しそうだった。

湖を見つめ、山々を眺めている眼差しを見ていると、愛情に飢えているような、そんな孤独を感じて、彼を目で追うのを止められなかった。

そんなときだった、彼が蛇に咬まれたのは――。

ふたりで過ごすようになっても、最初のうち、やはり彼はどこか淋しそうだった。

でもこちらが笑顔を向けると、少しずつ彼の眸から淋しさが消えていった。だからそれが嬉しくていつでも彼には笑みを見せたいと思うようになった。

謙虚で、いつもシダの気持ちを優先しようとしてくれるひと。

シダは彼が残していったマントを抱きしめた。

たまらない愛しさ。うっすらとレオニードの匂いがする。薔薇でもハチャプリでも葡萄酒でもない、さわやかで甘い香り。

シダは目を閉じ、息を吸いこみながらそのマントをさらに強く抱きしめた。切なくて。

眸から、一粒、ぽとりと涙が落ちていく。

『シダさん……』

彼にそう呼ばれると、ふわっとした甘い優しさが胸に広がる。

糸を紡ぐ作業ももっとがんばろうという気持ちになる。

彼を信じて、来週、あの手をつかんでみようか。

彼のところでちゃんと絨毯を織って、使命を果たしたあと、すべてを伝える。そのときまで彼が待ってくれるのか、あるいは敵国の王子のシダを拒否するのかわからないけれど。

それでもここにいるだけでは、なにも前に進めない。

彼の優しさにも報いることはできない。

シダは糸車の前に座り、大きく息を吸った。

行こう、彼のところへ。そのためにも、来週末までに、必要な分の糸をすべて完成させよう。

兄を救うために。エデッサ公国を魔女から救うために。そしてこの世で一番愛しているひと――レオニードと幸せになるために。

そう強く決意し、シダは糸車をまわし続けた。

ここにくるまでの日々を思い出しながら。

4　兄への誓い

たった一人の肉親——兄のため、この身を犠牲にしよう。
シダがそう決意したのは、十八歳の誕生日を迎える半年前のことだった。

兄が大公になるはずだった日、シダは祝福のくるみパイを焼いて城に届けようとしていた。

しかしそこに兄の側近が現れ、兄のティモンが捕らえられて地下牢にいると告げてきたのだ。

兄を捕らえたのは、イリナという公妃——父の再婚相手だった。

一体、なにがあったのか、尋ねようとしたが、シダのところにやってきた側近は、高熱を出して意識を失い、次に目を覚ましたときは記憶をなくしていた。

どうしていいのか、困惑していると、イリナから国民にむけて発表があった。


——ティモン公子は、戴冠式を前に重い病気になって倒れてしまった。しばらく闘病生活を送ることになったため、公妃のイリナが女王としてエデッサ公国を統治する。


そんなことが発布され、改めて一週間後に戴冠式を行うので、祝福のくるみパイを持って城にくるようにと、シダにも連絡がきたのだった。

その日、準備をしていると、教会の司祭がシダのところにやってきた。

『これから城に行くんだな』

『はい、まずは兄の安否を確かめるつもりです。公妃さまにパイを届けたあと隙をさがして』

シダのほっそりとした影が教会の床に細く長く伸びている。

動くのに邪魔にならないようにと焦げ茶色の長い髪を編み、シダはその上から白いベールをつけ、白く長い衣服を身につけていた。

公妃――という言葉に、司祭の表情が曇る。

『公妃か……危険だな。くれぐれも気をつけるのだぞ、シダ』

「はい」

戦乱の絶えない、東欧小さな公国エデッサ。

緑が少なく自然は険しい。冬になると、凍りついたような雪原に覆われる。雪の間から見える低林はすべて枯れ果て、涙がこぼれ落ちても瞬時に氷結してしまう。

住みづらいものの、絹の道の途上にあり、交通の要衝ということもあり、多くの国家から狙われる場所に領土を広げていた。

そんな大公国の君主の次男として生まれながらも、妾腹の子だったため、シダは後継者には名を連ねず、幼いときから修道院に入り、薬師になる勉強をしていた。

父の大公は、三年前、正妃が病で亡くなったあと、新たな公妃としてイリナという東欧の貴族の娘を迎えた。

『イリナ公妃は……本当に女王になるつもりでしょうか』

『ああ』

『兄上とはまったく連絡が取れていません。側近も記憶を失ってしまって』

意識を失う前、イリナが魔女になり、兄を地下牢に捕らえたと言っていたが、意識が戻ると、側近は自分の発言を綺麗さっぱり忘れていた。そしてそれ以外の他の誰からも、イリナが魔女だという証言は得られていない。

『兄上が重い病気なら、仕方ないとして……もしそうでなかったら……もしもイリナ公妃が魔女で、兄上を捕らえてしまったのだとしたら』

そうなったとき、どう対抗すればいいのか。魔女と対峙したとき、なにをすべきなのか、魔と闘うにはどうすればいいのか、この一週間、何冊もの古い本を読んだ。

『シダ、いいな、なにがあっても、公妃の眸を見てはならないぞ。魔女の眸の虜になってしまうと、意のままにあやつられてしまうようになる』

『はい』

『もしもティモン公子に呪いをかけられていたら、第二公子のそなたがこのエデッサ公国を守るしかない。そのためにも心して向かうんだぞ』

『覚悟はできています』

『公妃が魔女だったとき、そなたの命も危うくなるぞ』

『この国を魔から守るためなら、命も惜しまないつもりです』

『この国のため、その身を捧げる覚悟があるんだな?』

『はい』

『シダ……私は、前の大公さまとイリナ公妃との結婚式に立ち会った。そのとき、イリナ公妃はただの普通の女性だった。……アルファ性なので、確かに気位が高そうではあったが、あのときは決して魔女ではなかった』

『では、魔女になったとしたら……いつ』

問いかけると、司祭は重い息をついた。

『赤子を死産したときだろう』

シダはハッとした。

そうだ、彼女がとても憔悴していたのを覚えている。

『その後、深夜の宴に彼女が顔を出しているという話を耳にしたことがある』

『でも……それで……どうして兄上を……』

赤子が死んだから、前の公妃の子供の兄を憎むというのもおかしな話だ。

『死者を甦らせる魔術がある。それが目的なら、兄上の命はあと一年しかない』

『そんな魔術があるのですか?』

司祭はシダに禁書となっている古い写本を見せてくれた。それは古代キリスト教の時代の文献から抜粋された詩篇だった。

——死んだ人間をよみがえらせるには、血のつながりのある相手の命を捧げること。魔術によって近親者を狼に変えたあと、その近親者が本物の狼になったとき、魂を交換すれば良い。

そんな魔術があったなんて。

『兄上は……狼にされてしまったのでしょうか』

『確かめたければ、地下牢をのぞきなさい』

もしも彼女が魔女なら、兄のティモンは狼に姿を変えられて、陽の差さない地下につながれているということか。

『一年間、陽にあたらず、そのままの姿でいると、公子は本物の狼になってしまうだろう。本物の狼になった公子を殺害し、その血を墓にかけると彼女の亡くなった息子が生き返るのだ』

『そんなこと……異端では……』

『そうだ、それを許すわけにはいかない。もし魔女と命がけで闘う意志があるのなら、そなたにこれを託そう』

司祭は小さな瓶をシダに差しだした。手にとると、シダは大きく息を吸った。覚悟を決めたシダのくっきりとしたすみれ色の眸がその瓶に映っている。

『それは、魂を神にあずけることができる者、穢れのない魂の人間だけに許された魔をよせつけない薬だ。薬の効力は一年しかない。もしもティモン王子に呪いがかかっていたときは、それを使って兄を助けるんだ。ただし命がけになるぞ』

シダはごくりと息を飲んだ。

『それを飲めば、オメガとしての発情も抑えられるはずだ。子供ができることもない』

『はい』

『その薬を飲み、言葉を失った生活をしているとき、そなたを魔女と疑ってくる者がいるだろう。そのときは相手の命を奪いなさい』

『他人の命だなんて、そんなことできません』

『わかっている。シダ、そなたに人を傷つけることはできない。だが、そのくらいの覚悟が必要だ。自分の命と引き換えにする以上の、多くの試練が待ち受けている。それでも耐える決意をした上で、その薬を飲むんだ』


このままだとエデッサ公国は滅んでしまう。

兄は一年後に殺され、魔女とその息子がこの国を支配することになるのだ。それだけは避けなければ。魔物に負けてはならない。

祝福のくるみパイを届けに宮廷にむかったシダは、イリナが戴冠式を行っている間に、そっと地下牢に下りていった。

戴冠式のファンファーレが鳴り響いている。今なら、地下の警備も手薄だ。

一応、腰に剣をたずさえ、周りの様子を気にしながら、暗い階段を下りていく。城の地下の構造は頭に入れておいた。

もしものとき、どこからどう逃げればいいのかも。

地下牢に狼がつながれているかどうか。もし地下牢に狼がいたときは、イリナが魔女だという証明になる。

白いベールをかぶり、修道服を下に身につけた格好でシダはそっと地下道を進んでいった。

廊下には、要所要所で蠟燭が灯されているので視界に困ることはなかった。そして一番深いところ、陽の届かない空間にたどり着いた。

カビと湿気のにおいが充満するじめじめとした地下牢。その鉄格子の向こうに、はっきりと狼の姿があった。

シダに気づき、狼が立ちあがる。うっすらとその向こうに兄の姿が透けて見える。凛々しい軍服姿の二十歳過ぎの貴公子としての兄と、狼の姿とが重なって見えた。

『兄上ですね』

シダは地下牢の鍵が開けられないか、そこにかかっている錠前を確かめた。だめだ、びくともしない。しかし形を確認することができれば、次にきたときに――。

『兄上、必ず助けにきますから』

兄の姿を確かめられただけでもいい。イリナが魔女だというのもわかった。とにかくここを出て、次にどうすべきか考えなければ。

そう思って地下牢に背をむけたとき、ふっと冷たい風が首筋を駆け抜けることに気づいた。

『シダ……』

誰か遠くから名前を呼んでいる。女性の声のようだが、それとも地下道を通り抜ける風の音か。

シダは息を止め、じっと耳を澄ませた。

『シダ、そんなところでなにをしているの』

次ははっきりと聞こえた。イリナ公妃の声だった。ざあっとさっきよりも強い風が吹き抜け、ひゅっと弓のしなる音が聞こえた。

暗闇から感じる弓矢の気配。とっさにシダは剣で払った。手応えを感じた次の瞬間、カンっという金属音とともに折れた矢が床へと落ちていった。

『おまえ、ただの薬師見習いではないのね。……武術の心得があったとは』

炭を溶かしたような闇から、声だけが聞こえてくる。はっきりとした、それでいて鋭さを感じる女性の声だった。

『エデッサ家のアルファは、全員、狼になる魔法をかけたけど、オメガのおまえには効かなかったようね』

暗闇が少し動いたように見えた。その奥から、ほっそりとした女性——イリナが現れる。

『どうして……』

上階からは、うっすらではあるが、戴冠式の音楽や喝采が聞こえてくる。それなのに、どうしてイリナ公妃がここに。

『だまされたわね、あれはおまえにだけ聞こえる幻聴よ。戴冠式は、明日に延期したのよ』

暗闇のなかから、女王然として歩みよってくるイリナの姿があった。

その手には青紫色に光る瑠璃色の水晶玉。そこから放たれる禍々しい光が身体に届いた瞬間、シダは落雷を受けたように固まった。

『う……っ』

動けない。指一本すら身動きが取れない。身体に鉛を溶かしこまれたように足元が重い。

全身が小刻みに痙攣し、意識が朦朧としてくる。

暗闇がなおも蠢いている。イリナの背後に見え隠れするのはなんなのか。

悪魔なのか、それとも死神か……。

『シダ、逃げろっ、危険だ！』

背後から兄の声が聞こえた。その声が反響した瞬間、金縛りが解けたようにふっと身体が軽くなって動けるようになった。

シダはとっさに逃げようとした。

『待ちなさい！』

しかしイリナが叫んだ瞬間、彼女が持っていた水晶球が目の前で大きく弾けた。

『うっ……っ！』

粉々に砕けた水晶の破片が、荒々しいヒョウのように次々とシダに襲いかかってくる。音を立ててぶつかってくる水晶の破片。

『う……く……』

痛い、あちこち痛い。身体が破壊されそうだ。

そう思った瞬間、シダは見てはいけないものを目にしてしまった。司祭から言われていたのに。

イリナの目を見てしまったのだ。

水晶の破片を浴びたまま、棒立ちになっているシダをじっと見つめたまま、イリナは恐ろしいほど不気味な微笑を口元に刻んだ。

異様な妖気を感じ、思わず視線をずらそうとするのだが、どうすることもできない。目を瞑ることさえできない。

こちらのその様子を楽しみながら、残忍そうに微笑するイリナに視線を奪われたまま、シダはゆっくりとその場にくずおれていった。

だめだ、かなわない。どうすることもできない。

そんな絶望感を抱きながら、シダはその場で意識を失っていった。

『……っ』

気がつくと、シダは兄が閉じこめられている地下室の床に横たわらされていた。身体が痺れたようになって動かせない。

ハッと見ると、いつの間にか自分の周りの床に魔法円のようなものが描かれている。その周りに燭台が灯され、シダを囲んでいた。

壁には巨大な白い狼が繋がれている。しかしその狼の向こうに人間の兄の姿が透けて見えている。狼と兄とが重なって見えるのだ。

兄はまだ完全には狼になっていない。

司祭の話では、兄が完全に狼になり、その血が死者の蘇生に使えるようになるまで一年の歳月を有するということだ。

燭台の灯火に映える魔法円の外側にはエデッサ公国の婚礼衣装が運びこまれていた。

その向こうには、祭壇も設置されていた。

骸骨、深紅の液体が注がれたグラス、それに六芒星が刻まれた黒い石、逆向きに立てかけられた東方正教会の十字架。

その前にイリナがたたずんでいる。イリナは戴冠式用の礼装を身につけてはいない。血のような赤い飾りのついた喪服にも似た黒いドレスを身につけ、頭にも黒いベールをまとっていた。そして狼に変身したティモンに話しかけている。

『もう遅いわよ、テぃモン。シダは私の双眸を見て意識を失ったのよ。次に目が覚めたとき、彼は私の操り人形になっているわ』

彼女の操り人形？　自分が？

『ねえ、ティモン、シダはとてもいい生贄になりそうよ。私の子を復活させるのに、おまえだけでなく、シダの血も加われば……』

じっとりとした地下の空気は肌に粘りつくような湿り気があり、イリナの低く鋭い声音が石造りの地下牢に反響し、いやがおうにシダの恐怖はあおられる。

(ぼくの血？　でもぼくはオメガだから……彼女の子の復活には役立たないはず。彼女の子と同じアルファの血でなければ)

意識を失った振りをしながら、シダはイリナの言葉に耳をかたむけていたが、スッと入ってきた風に蠟燭の火がゆらぎ、シダの顔をうかびあがらせた。

『シダ、気づいてたの。では、今から儀式を始めるわ』

儀式？　彼女はなにをしようというのか。まさか狼にされてしまうのか？

『く……っ』

シダは懸命に身体を動かして起きあがろうとした。

だが、動けない。魔法円の中心に釘打たれたように身体が重くてしかたない。

彼女の操り人形になってしまったというのはこういうことなのか？　彼女の指示がなければ身体が動かせないという……。

イリナは祭壇の前にかけられた婚礼衣装にチラリと視線をむけた。

『おまえには、今から発情してもらうわ。悪魔と媾合し、子を孕むために』

『え……っ』

『ティモンの血に、おまえの子の血と肉が加われば、これほど頼もしいことはないわ。無垢な赤子の血と肉こそ最高の供物なのだから』

悪魔と媾合？　悪魔の花嫁とはそういうことなのか。

想像しただけで全身が総毛立つ。

『シダ……さあ、花嫁衣装をきたあと、発情をうながすため、あのグラスの中身を飲み干しなさい。身体が熱くなってきたら、衣服をすべて脱ぎ、祭壇に横たわって悪魔の花嫁になりなさい』

花嫁衣装とあの祭壇のグラスに入った赤い液体……。

あれはそのためのものだったのか。

『さあ、シダ。おまえはもう私の操り人形。私の命令どおりにしか動けないはずよ』

魔法円の燭台の一部をとりのぞき、イリナが近づいてくる。その瞬間、身体が少し軽くなるのを感じた。

そうか、あの燭台が結界となってここに封じこめられていたのか。今ならあの燭台の隙間を抜けて逃げることは可能だ。だが、どうやれば。

『シダ……さあ、立ちあがって、まずは祭壇にむかいなさい』

妖(あや)しく光るイリナの赤い双眸。じっと見ていると彼女の言いなりになってしまうという。だが、なぜかシダには効いていないようだ。

普通なら勝手に身体が立ちあがるはずだ。

だが、そんなことはないようだ。シダはイリナには分からないよう、そっと衣服の後ろで手のひらを動かしてみた。

大丈夫だ、自分の意思のまま動かせる。

（そうか……そういえば）

司祭さまが見せてくれた写本に書かれていた。人間としての望みも欲望もない者には魔法が効かないというが。

（わかった……だからぼくには、魔法は……通じないんだ）

人間としての望み――修道院に育ち、薬師となるために生きてきたシダは、どうしてもなにかを手に入れたいという欲望を持っていない。絶対になにかを叶えたいという望みもない。己の自我というものが希薄なのだ。

(なによりここにくるとき、司祭さまに誓った。この身も魂も兄とエデッサ公国に捧げると。だから魔力が通じないのだ)

よかった、それならここから逃げだすことができる。

――神よ、魔に打ち勝つ力をぼくにください。

シダは覚悟を決めた。

『シダ、この薬を飲めば、おまえは人ではなくなる』

司祭はそう言った。

魔法を解くために必要なのは、言葉を捨てることだ――。自身の感情を伴った言葉を決して発しない。そうすれば、悪魔と契約をした相手からシダの姿は見えなくなるのだ。

しかし同時に引き換えにしないといけないことがある。

永久に子供が産めなくなってしまうのだ。魔物に対抗するためには、この世の人間でなくなる必要がある。

聖なる地で、聖なる場で育まれた物だけを体内に取りこみ、聖なる存在として「人」としてのすべてを手放す。

魔物を倒した後でも、人に戻れるかどうかはわからない。

(この薬は……自分のすべてを捨てる覚悟のある人間にしか有効ではない……そうでなければ、死んでしまうと聞いていているけれど……)

失敗したときは、灰になって消えてしまうと、司祭が語っていた。たとえ死んだとしても天国にも地獄にもいけない。もちろん煉獄に足を踏み入れることも。

それだけの覚悟を持って挑まなければ、魔には勝てないということなのだろう。

(この国を悪魔のものにしてはならない。兄上が大公になり、平和な国に……)

シダはじっとイリナを凝視した。シダに魔法の効果が伝わっていないことに彼女はまだ気づいていないようだ。

『わかりました。イリナさまに従います』

シダがそう言うと、イリナは艶やかな微笑を浮かべた。狼が切なげに遠吠えをあげる。

おおーん、おおーん。

狼の声ではあったが、シダの耳にははっきりと兄の言葉となって聞こえてきた。

——シダ、だめだ、イリナに従っては……。

大丈夫です、兄上、ぼくは従っていません——そう答えたかったが、それは無理だ。

『そう、いい子ね』

イリナの目が赤く煌めく。彼女は魔法が通じていると思っているのだ。悪魔の花嫁用の衣装に着替えるため、そっと前に進んだ。

魔法円の外に出て花嫁衣装を身につけ、祭壇に手を伸ばしてグラスをとる。

次の瞬間。

『兄上、必ず助けにきます』

赤い液体のグラスを床に叩きつけ、中身が飛び散るのを横目に、シダはそれまで身につけていた衣服のポケットから移し替えていた薬の瓶を出して口に含んだ。

司祭から渡されていた薬。すべてをかけて、それを飲む。

『うっ……っ』

喉(のど)に流しこんだ瞬間、焼けつくような痛みが全身を襲う。

『シダ……おまえ……魔力が……』

イリナが呆然としてあたりを見まわしている。彼女の背後には、ヤギの頭をした悪魔の影。魔法円の中央でイリナが蒼白になっている。

そのとき、シダは彼女の視界に自分の姿が映らなくなったことに気づいた。

今のうちに。今のうちに逃げなければ。

『シダ、どこに消えたの？　どこに。出てこないと、ティモンを殺すわよ』

あれは脅しだ。

兄を殺すことはできない。

今、殺したら、彼女の望みは果たせない。一年後までは。

振りむくと、鎖に繋がれた狼がこちらを見ていた。その向こうに透けて見える兄の影。彼がうなずいているのがわかった。

兄にはシダの姿が見えるのだ。

絶対に助けます。絶対に助けにきますから。

おおーん、おおーんという遠吠え。

待っている、待っているから——と、そんな兄の声が遠吠えの向こうから聞こえてきていた。

†

あれからどのくらいの日々が過ぎたのだろう。

シダが感情を伴った言葉を発しないかぎり、イリナから姿が見えることはない。

おそらくそれは音だけではなく、書き文字もダメなのだろう。

教会の古い本にはそう書かれていた。

自分の言葉を紡いだ瞬間、すべて破壊され、シダもこの世から消えてしまう。

兄の命を助けるために必要な時間は一年。

その魔法を解くには、邪悪を祓う「聖なる薔薇」——その薔薇で染めた魔除けの糸を紡ぎ、薔薇の花弁を織り込みながら数メートルの絨毯を祈りを込めて編みあげなければならない。

教会の入り口から祭壇までの長さの絨毯。それを敷いた上を兄が歩けば、祭壇の前に着いたとき、狼から人間にもどれるという。

しかし「聖なる薔薇」は、国境の向こうにある敵国スタボリアの王さまの城の裏にある「聖なる森」の「聖なる湖」のほとりにしか咲かない。

兄のため。国のため。

シダは勇気を出して敵国スタボリアに足を踏み入れた。

イリナに絶対に居場所を知られてはならない。途中で誰かに襲われたとしても、言葉を口にしてはいけない。

まさに命がけだった。

兄が狼の姿のまま殺されてしまわないように。次の春が来るまでに。

それまでは恋なんてしてはいけないのに……レオニードのことを好きになってしまった。

兄を助けることができなければ、灰になってしまう運命。

その覚悟でここで糸を紡いでいたのだけど。

あのスタボリアの青年に激しく惹かれていた。彼と過ごした日々の証しを、なにかしらこの身に残しておきたいと思うほど。

互いの名前しか知らない相手なのに、いつしかどうしようもなく深く相手を思いあっている。自分にこんな幸せが訪れるなんて想像したこともなかった。

祖国のエデッサは、いつも戦禍にまみれていた。交易の通り道ということもあり、あちこちとの小競り合いが続いていたように思う。

（そう……平和がどれほどありがたいか、今、この国にきてしみじみ実感している）

大公の妾腹の公子として生まれはしたものの、オメガだったこともあり、シダは宮廷では育たず、施療院附属の修道院で、薬師になるようにと育てられた。

戦争が絶えず、疫病も多かったため、エデッサにとって薬師は必要不可欠な存在だったが、父がイリナ公妃と再婚してからは、彼女の出身国が支援をしてくれ、国が強くなっていったこともあり、少しずつ平和になりつつあった。

しかしそれは、エデッサを攻めるための口実だった。

イリナが子供を死産し、父が疫病で亡くなると、彼女の故国は支援を断ってきた。

このままでは攻められると思った兄は、大公になったあと、このスタボリアと和平条約を結ぼうと計画していた。

『もしも和平条約が締結できたなら、そのときは、シダ、王太子におまえを愛人にしてほしいと頼むつもりだ。正式な婚姻相手に名乗り出るのは無理だが、愛人なら……。そしてもしおまえが王太子の子を生むことができたら、エデッサはスタボリアに守ってもらえるようになる』

兄はそんなことを言っていた。

国の平和のため、王太子の愛人になって子供を作る。

それならそれでその役目を果たそうと思っていたが、もう果たすことはできない。

あの薬を飲んだことで、シダは子供ができない体になってしまったからだ。

それに、今はそれどころではない。

自分は命をかけて兄を助けなければならない。

ただ予想外だったのは、ここでレオニードという素晴らしい青年に出会ってしまったことだ。

(兄上、ぼくはここで人を愛してしまいました。彼からも愛されています。彼は、言いました。愛してくれなくてもいい、でも自分は愛しているから何でもぼくの意思に従う、と。そんな彼の優しさにどうすれば報いることができるのでしょうか。ぼくは……あのひとに甘えていいのでしょうか)

心のなかで、遠いエデッサにいる兄に話しかける。

今、兄はあの地下牢で狼の姿のまま、どんなふうに過ごしているのだろう。

シダを信じ、じっと耐えてくれているだろうか。

兄を助けるため、レオニードの好意に甘え、彼のところで絨毯を編むことにしても大丈夫だろうか。

糸を染めるのに必要な薔薇はもうそろった。糸ももうすぐ紡ぎ終えることができるだろう。だから彼の家に行って、絨毯を編むことも可能だ。

むしろそのほうが作業を早く終えることができるだろう。

けれど……。

一つ、心配なことがある。

万が一、イリナにシダの居場所が知られてしまったら、レオニードを巻きこんでしまう可能性がある。彼に危険が及ぶかもしれない。

それを想像しただけで、あの地下牢の闇のなかに閉じこめられたような恐怖を感じる。

（どうしよう……ミャウ、ぼくはどうすればいい？）

足の甲の上に頭を置いていたミャウに手を伸ばすと、ミャウと鳴いて膝の上まであがってくる。その可愛い猫の背を撫でたあと、シダは糸を巻き始めた。

からから、からから、糸を紡いでいく。

もう間もなく糸の数がそろおうとしていた。

5　王太子の決意

秋も深まり、冷たい風が肌を刺すようになった。

シダを城に連れてきたいと伝えようと、彼のところから戻った翌朝、レオニードは執務の前に父王の部屋を訪ねた。

王城の最上階の一番奥——琥珀(こはく)色の扉のむこうに石造りの静かな居室がある。レオニードが訪れると、父王は待ちかまえていたように笑顔で言った。

「レオニード、ちょうどよかった。昨日、ヨハンナ公女に正式に使者を送ったぞ」

「お待ちください、その件は……」

「安心しなさい、結婚の申し込みではない。ヨハンナ公女の一行を聖スタボリア祭に招待しただけだ。そこで見合いをすればいい。相手の顔を見て、実際に話をしてからのほうが気持ちも定まりやすいだろう」

「お心遣いはありがたいのですが」

「気に入れば、正式な婚姻の申し込みをすればいい。尤も婚約をする前に、国同士の話し合いが必要なので、最低でも一年の準備は必要になるが」

公女の持参金、領地、それからレオニードからの結納金等々、父は互いの国の諸条件を突き詰めていくつもりなのだろう。

「すみません、私はヨハンナ公女と婚約できません」

「どういうことだ、先日、ヨハンナ公女でいいと申したではないか。それなのに、どうして急にそんな気まぐれを」

「気まぐれではありません。愛している相手がいるので心を決めました」

レオニードの言葉に、父王は眉をひそめた。

「それは……例の噂の相手か。おまえが愛人を囲っているという……」

「父上の耳にまで届いていましたか」

やれやれと呆れたように父王が肩を落とす。

「やはりそうだったのか」

「愛人ではありません。まだ返事をもらっていませんが、いずれ彼と結婚したいと思っています」

尤も、今の段階では「つがい」になっただけだが。

「何だと……王太子でありながら、そんな勝手が許されると思っているのか。しかも、彼だと？

相手はオメガなのか」

「はい」

「……身分は？」

「わかりません。森で一人で暮らしている青年です」

父王はハッと顔色を変えた。

「おまえは……なにを考えているんだ。身元もわからないオメガで、しかも森で暮らしているとは。まさか魔物に騙されているのではないだろうな」

「魔物？　まさか。聖なる森の住人ですよ」

「だから心配なのだ。古来より言い伝えがあるだろう。聖人のふりをした黒魔女が王家に入りこんでしまうと、この国は滅ぶと」

それは知っている。清らかな人間を装うことのできる、強い魔力を有した黒魔女――国王や王太子が本気で彼らを愛してしまい、神の前で永遠の愛を誓うと、この国の結界に歪みが入り、やがて滅亡してしまうという言い伝えだ。

それもあり、政略結婚をすすめられてきた。けれど。

「違います、彼は黒魔女ではありません」

それだけははっきりと確信が持てる。頼りない王太子というのは自覚しているが、そのくらいの判断はできる。

「待ちなさい、冷静になりなさい。とにかく聖スタボリア祭でヨハンナ公女と見合いをするのだ。その相手が好きなら愛人として囲えばいい。オメガなら、子供ができる可能性もある。後継者が増えるのはいいことだ。だが結婚を早まってはならない。いいな」

めずらしく父王が高圧的に命じてくる。黒魔女にレオニードが騙されているかもしれないと疑念を抱いている様子だ。

「早まるもなにもまだ返事をいただいていませんので」

ご安心ください、と、レオニードは笑顔で言った。そんなレオニードに父王は念押しするように言った。

「いいな、身元がわかるまで神の前で愛を誓ってはならないぞ」

神の前で愛を誓う……か。

そんなこと、まだ彼からきちんと返事ももらっていないのにできるわけがない。一方的に自分だけの愛を誓うならできるが。

「――レオニードさま、やはり森の奥に愛人を囲っていらしたのですね」

父王の部屋から出ると、廊下にいたヤーシャが話しかけてきた。

「いや、まだそんな関係ではないんだよ。私の片思いで」

レオニードが笑顔で答えると、ヤーシャはあんぐりと口を開けた。

「は？　片思いってどういうことですか」

「彼はシダというんだが、森で一人で糸紡ぎの仕事をしているので、冬の間、城の一室で作業をしてもらえればと思って。正式な求婚は、彼の仕事が一段落してからと思っている」

「待ってください。まだ、その程度の関係なのですか？　愛人ではなく？」

本気で驚いている従者に、レオニードはこくりとうなずいた。

「そうだよ。愛人なんてとんでもない。まだ片思いなのに。誠意を尽くして、彼とはゆっくりと心を通わせていきたいんだ」

オメガの発情期に、一夜過ごしただけの仲だ。そして彼が発情期に他のアルファを引き寄せないように「つがい」の契約をした。

この先、シダにはそうした約束には縛られず、自分のなすべきことをしてもらいたい。だからシダがいいと思うまで待つつもりだった。

「お気持ちはわかりますが、あなたさまは一国の王太子でありながら……ずいぶんと弱気なことを。まあ、そこがいいところだと思ってはいますが」

「なら、あたたかく応援してくれ。ということで、彼が住む場所を整えておきたい。私の階にある、書庫の隣室はどうだろう」

「ええ、あそこはあなたさまのお部屋ですし、ご自由になさっても良いのでは？」

「そうか。なら、今から部屋を整えに……。聖スタボリア祭に彼を迎えるつもりなんだ」

その部屋にむかおうとしたレオニードの腕をヤーシャが止める。

「レオニードさま、お待ちください」

「どうした」

「そのようなことは女官にお命じください。聖スタボリア祭まで政務はお休みです。その間は、どうか片想いのお相手のところに通ってください」

「彼のところに？」

問いかけると、ヤーシャは大きくうなずいた。

「お心を通わせたいのなら、せっかくですから今のうちに」

「応援してくれるのか」

「ええ、今まで恋らしい恋もしたことがないあなたさまが好きになられた相手ですから、きっと素敵なお方なのでしょう。ですからがんばってください。どうせなら、聖スタボリア祭に、城内の者に恋人として紹介できるくらいに」

恋人として紹介か──。

そんなことができればどれほどいいだろう。

（だが、ヤーシャの言うとおりだ。彼のところに行って、なにか手伝えることをしよう）

レオニードは馬に乗って「聖なる森」にむかった。湖畔が近づくにつれ、ひんやりとした秋の風がレオニードのほおを撫でていく。

しかし教会にシダの姿はなかった。ミャウもいない。食べ物を探しに行ったのだろうか。

「くるみと林檎を持ってきたのに」

戸口の前にそれを置くと、教会の裏でなにかが光るのが見えた。

今日は天気がいいので、糸を天日干ししているようだ。

薔薇色に染まった何百という数の糸が木に吊るされ、風にひらひらと揺れている。その下に二匹の蛇がいる。

レオニードは苦笑した。

糸を仲間だと間違えているようだ。毒蛇ではないので危険はないが。

「ダメだよ、シダさんがびっくりするだろう」

レオニードはそう言うと、蛇をそっと森の奥に逃した。

「それにしてもこの高い枝にどうやって糸をつるしたんだろう」

まさか彼が木に登ってということはないと思うが。

小首をかしげていると、湖のほうからバシャバシャという水音とミャウの鳴き声が聞こえてきた。

「そこにいるのですか、シダさん？」

こんな寒い季節に湖に？　心配して進んでいくと、シダの衣服が湖畔の岩場に置かれ、その上でミャウがひなたぼっこをしていた。

「……シダさん」

見れば、湖に胸まで浸かってシダが髪を洗っていた。

長い髪をほどき、晩秋の陽射しを頭上から受けながら、しっとりと髪を洗っている姿は水の妖精のように見え、一瞬、レオニードはその姿に見入ってしまった。

ひとまとめにした髪を片方の肩から胸の前に垂らし、そっと指先で梳いている。ほっそりとした首筋、肩の儚いまでの細さに改めて気づく。と同時に、妖しくなまめかしいその肌の白さに、背筋がぞくりとする。

それに心なしか、甘く心地よい香りがしてくる。

一昨日、彼は発情期だった。

まだ発情期は終わっていないはずだ。「つがい」の契約をしている自分だけを刺激する彼のフェロモンが芳しい。

「……っ」

同じようになにか感じることがあったのか、ハッとシダが顔をあげて湖畔にいるレオニードを見つめる。とても悩ましそうな眼差しで。

「すみません、あなたに会いたくてきてしまいました。シダさん、こんな肌寒い日に湖で水浴びだなんて、冷たくないのですか」

ドキドキとしている。だめだ、彼の香りに劣情が煽られている。もうおさまりそうにない。

「……」

シダが首を左右に振って、湖水を手のひらにすくってレオニードに浴びせる。

「え……」

笑いながら、シダがレオニードを手招く。近づくと、そのあたりの空気があたたかいことに気づいた。そうか、このあたりは温泉になっているのか。

「……すごい、知らなかったです、温泉があるなんて」

シダは湖のなかでにっこりと微笑した。いけないと思いながらも、彼の乳首に視線がいってしまう。薔薇色の小さな粒がとても愛らしい。そこにキスしたい衝動が湧くのをこらえながらも、レオニードは思わず問いかけていた。

「あの……私もそこに……一緒に入っていいですか？」

シダはほほえみ、うなずいた。

衣服を脱ぎ、レオニードは湖に入っていった。本当にとてもあたたかい。入り組んだような岩場になっていて、湖といっても、このあたりだけ別になっているようだ。

ぽこぽこと水の底から温泉が湧いているのがわかる。

「シダさん……」

彼に近づき、後ろから抱きしめると、シダはそっとレオニードに身体をあずけてきた。

「きてよかった。あなたとこんな時間が過ごせるなんて」

耳たぶに後ろからキスをしながら、彼の胸をまさぐると、ぷっくりと乳首が尖るのがわかった。皮膚が微かに震え、粟立っていた。

どうしようもないほど愛しい。

やはり彼以外と結婚することなど考えられない。ヨハンナ公女には見合いの席ではっきりと「好きな相手ができた」と伝えよう。

（不思議だ……ついこの間まで、結婚と恋愛は別。政略結婚は当たり前のこととしてうけいれるつもりでいたのに）

今ではそう思えない。自分がはっきりと変化したのがわかる。

レオニードの心はまっすぐにシダにむいている。

新しい感覚。愛する相手と結婚し、幸せな家庭を築きたいという想い。

君主として、自分がまず身近な人間を大切に愛せる姿を示していくことが平和につながるのではないかとそんな気持ちになってくるのだ。

もうこの真実から目を逸らすことはできないだろう。


それから聖スタボリア祭までの日々、レオニードは毎日のようにシダのところに通った。

彼の発情期は三日で終わったので、その後は、彼の作業の邪魔にならないよう、そこに泊まることはなく、ただ食事の支度や掃除を手伝うだけにするつもりだった。

けれど結局、いつも彼を抱きしめ、キスをすることだけは止められなかった。身体をつながなくても、それだけで満たされる気がして嬉しかった。

「早くあなたと一緒に暮らしたいです」

彼の気持ちを確かめたくて、帰りぎわ、いつも同じ言葉を告げるようにした。

最初の二日間はシダは困ったような顔をしてうつむき、次の二日間は唇を嚙み締めてレオニードを見ていた。

しばらくしてようやく、シダは、それもいいかも……というような顔をした。

(気持ちが固まってきたのなら嬉しいが)

最近、シダの表情だけで何となく彼の考えていることがわかるのだ。

彼の元を去るとき、胸にはいつも甘美な余韻が残っている。甘狂おしい感情が甦り、胸の底が熱くなってくる。

脳に絡みつくような甘美な吐息。その感覚が脳裏に甦ると、切ない想いがレオニードの胸を締めつけていく。

一瞬で肺のなかを透明にしてくれそうな瑞々(みずみず)しい風。

清涼感に満ちた風を浴びているだけでいろんな煩雑なことへの不安が一気に吹き飛んでいくような気がする。

シダと結婚するためには、いろんな課題が山積みだ。

まずは彼の気持ちという最大の課題があるが、父王はすぐには許してくれないだろう。

明後日、この国にやってくるヨハンナ公女も、彼女の国の使節たちもどう思うのか。

もちろん、誠心誠意、丁重に婚約の話を断って、彼女とその国の誇りを傷つけないようにするつもりではいるけれど。

まず城に連れていき、彼の素晴らしさを父王に知ってもらいたい。

遠方には純白の雪を纏った美しいコーカサスの山麓（さんろく）。淡い色彩の花々が新緑の大草原をさわやかに彩っている。

「――シダさん、そろそろ糸も完成するころですし、聖スタボリア祭の前夜祭から、私のところに移ってきませんか？　前から言っているように、冬はここに住めなくなりますから、その間の作業場にしてくれるだけでもいいので」

ミャウを膝に乗せ、糸巻きをしているシダにも思いきってレオニードは口にしてみた。

シダが戸惑いがちな顔で、教会の隅に置かれた薔薇の花籠に視線をむける。

「あれなら、私の家の者には運ばせます。作業に必要なんですよね？」

はい、とシダが無言でうなずく。

「恋人としてでなくてもいい。冬の間に私のところで仕事を仕上げてください」

美しい紫色の双眸と視線が絡む。

透明な、スタボリアの夕暮れ空のように美しい紫色。シダが糸車から手を離す。

「いいですね？」

シダは静かに微笑し、こくりとうなずいた。

きてくれるのか。レオニードは思わず彼に歩み寄り、強く抱きしめていた。

†

恋人としてでなくてもいい。

冬の間に彼のところで仕事を仕上げる。

彼の気持ちに甘えるようでとても心苦しいけれど、それでも一刻も早く兄を助けるため、シダはレオニードの申し出を受け入れた。

（この森の近くに住んでいると言っていたけど）

翌日、聖スタボリア祭の前夜祭の日、シダはレオニードが用意したスタボリアの正装に身を包み、ミャウを抱いて教会をあとにした。

何という素晴らしい布でできた服だろう。エデッサでは見たこともない上質の生地に刺繍、それから縫いつけられた宝石。

貴族の青年だとは気づいていたが、レオニードはどれほどの身分の人間なのだろう。

（本当に行ってよかったのだろうか。もし国家の重鎮なら……）

シダがエデッサ公国の第二公子で、新しく女王になったイリナ公妃が必死に捜索している相手だとわかれば、レオニードの立場はどうなるのか。

しかしシダは首を左右に振って、自分をふるい立たせた。

いや、もしそうだったとしても前に進まなければ。

兄を助けたあと、正式に兄が大公になり、スタボリアとエデッサが和平条約を結べば。

そうなれば、残りの人生をすべて今度はレオニードに捧げよう。そしてスタボリアとエデッサの平和外交のために心を尽くしていこう。

彼の優しさ、彼の思いやりに感謝しながら、なにより彼の幸せを考えて。

（それはぼくの喜びでもあるから）

そう思ったとき、自分が次に歩むべき道が見えてきた。

そうだ、その日のために前に進もう。このまま冬の森で作業を続けていれば、雪に埋もれてなにもできなくなってしまう可能性もあるし、なによりまったく知らない場所で冬を過ごすのはさすがに勇気がいる。

もし間に合わなかったら、それこそすべてが終わってしまう。

シダは何度も己にそう言い聞かせ、レオニードが前の日に用意してくれていた衣服に着替えた。するとと同じように上質の白い衣装に身を包んだレオニードが現れた。

（何という……美しい方だったのだろう）

黄金色の髪、湖と同じ色の眸。全身から漂う、神々しいまでの空気感にいつになくドキドキとしてしまった。

「とてもお似合いです。シダさん、生まれながらのスタボリアの王族のようです」

あまりにも大げさなたとえに苦笑してしまったが、レオニードはまじめな気持ちでそう言っているようだった。

シダの前にひざまづき、手の甲にキスをしてくる。

「ありがとうございます。決意してくださってうれしいです」

騎士が求愛する相手にそうするように。

とても優しくて、誠実で、それでいて優雅だ。

「さあ、こちらへ。あとで、ヤーシャという従者がきて、あなたの薔薇と糸や仕事道具をすべて運んでくれますので」

レオニードは湖畔に小さな馬車を用意してくれていた。

ミャウを抱いて馬車にのりこむと、ちょうど前方から荷馬車と、それを率いている馬に乗った騎士の姿が見えた。

「彼がヤーシャです。紹介はまたあとで。あなたは少しここでお待ちを」

レオニードはそう言って騎士のほうにむかった。レオニードの姿を見かけると、その騎士も荷馬車にいた者たちもすべて地上に降りてうやうやしく挨拶をする。

「レオニードさま、では、私はこれから教会にむかいますので」

「ああ、頼んだぞ」

ヤーシャという屈強そうな男性と数人の下級騎士らしき男性。彼らの様子を見ていると、やはりレオニードが相当な立場の人間だというのがわかる。

そういえば、彼から両親や家族の話を聞いていない。どんなご両親なのか、どんなご家族がいるのか、なにひとつ知らないのだ。

もちろんシダ自身、それを伝えることができないままだが。

「シダさん、城についたらあなたに私のことをお話しします」

レオニードは馬車を誘導し、小高い丘陵に建った王城の方角へとシダを連れていった。

明日からの聖スタボリア祭に向け、くる途中も国全体が華やいだ雰囲気に見えた。城内では前夜祭が行われるのだろう。

シダの馬車以外にも、ぞくぞくと城内に馬車が入っていくのがわかった。

「あなたはこちらへ」

城門の近くまでくると、レオニードは他の馬車たちから外れて、城の裏側へとまわった。

「こちらはこの城の裏口になります。跳ね橋を下ろすことができるのは、ごく限られた人間だけで、この裏の一角も、ごく限られた人間しか入れません」

レオニードがそう説明している間に、ギシギシと音を立てて跳ね橋がおりてきた。なかには、真っ白な城壁に金色のドーム型の屋根のついた壮麗な城がそびえていた。

湖から見ていたときもとても美しかったが、何というまばゆい城だろう。

裏門の天井から壁にいたるまで、あざやかなフレスコ画で彩られている。

青い尾根のドームや虹色の玉ねぎ型の屋根、それから夜空を模したような屋根のガゼボ。世界中の秋の花を集めたような中庭。

なにもかもがお伽話(とぎばなし)に出てくる夢のような空間になっていた。

「あなたの荷物はあとで運ばせます。その前にこっちに来てください」

城内に聖堂があるらしく、レオニードに連れられ、なかに入ると、奥の広間で数人の修道士たちが聖歌を斉唱していた。

高窓から漏れる光が、『全能者キリスト』のイコンを鮮やかに煌めかせている。

クーポラに反響する美しくも儚い歌声。

この城が彼の住居だとしたら……。このひとは、一体、何者なのか。

丸い天井のまわりを彩るステンドグラスから差しこんでくる午後の陽射しが二人を照らし、虹色の光に包まれた影が大理石の床に細長く伸びていく。

遠くから聖歌が聞こえてくるだけの、誰もいない聖堂は、湖畔の夜のように静かだった。

祭壇で燻されている乳香の甘美な香り。

白い壁にかけられた燭台の焔の幻想的な揺らめき。

そして虹色の陽射しに煌めくレオニードの白皙の美しさが異世界に迷いこんだような夢心地をシダに与えていた。

とても清らかで、神々しい。

「正面にあるのがスタボリア正教の根本——三位一体をあらわしているイコンです。明日からの祭は、スタボリア建国の父——初代国王への感謝もこめられています。この国の平和は初代国王の心の美しさによって守られています」

三位一体のイコンの前に進み、レオニードがシダの手をとる。

「その建国の父の前で、私の愛だけでも、あなたに誓っていいでしょうか」

彼の愛だけでも？　建国の父の前で？　それはどうして。

不思議に思っているシダを見つめ、レオニードは切なげに目を細めた。

「その前に自己紹介をしなければなりませんね。どんな立場の人間であっても、私は私に変わりありません。あなたの見た私を信じてください」

さらに不可解な気持ちになりながらも、シダは静かにうなずいた。

「この聖堂の向こう……あの合唱団が歌っている広間の上にある一角が私の住居になっています。あなたも今日からそこで暮らすことになります」

それは……つまり。

「ここが私とあなたの住まいになるのです」

「……っ」

シダはごくりと息をのみ、問いかけるように目を見ひらいた。

「私はこの国の王太子です」

「――っ！」

シダは驚いてさらに目をみはった。

王太子……レオニードがスタボリアの？

一瞬、耳を疑ったが、意識のどこかで納得していた。というのも、冷静に考えれば、それ以上に彼にふさわしい立場が想像できなかったからだ。

それでも、間違いなくシダの内側は混乱していた。

そうであるかもしれないとうっすら頭の片隅で感じていたことであったとしても、現実がそうで

あったときに、まともに思考が働くことはない。

なによりどう考えても、ふたりが進んでいく道が茨に包まれている気がしてならない。スタボリアの王太子がシダを愛していることがイリナに知られてしまうとどうなるか。

（このひとが……スタボリアの王太子……だったなんて）

息が震える。足が震える。めまいがしそうだ。なにをどうしていけばいいのかわからないまま、シダはその場にただ立っているだけで精一杯だった。

それなのに、レオニードは愛しそうな眼差しをシダに向けて愛を誓おうとしていた。

「神と聖なる祖先の前であなたに愛を誓います」

「……っ」

「あなたの気持ちは……急ぎません。でももし私を受けいれてくれるなら、私の手の甲にキスをしてくれませんか？」

ああ、なにもなければ迷わずその手の甲にキスをしていただろう。

受けいれるもなにも、ぼくこそあなたを愛しています、とはっきりと誓った。けれど。

どうしていいかわからず、とまどっているシダの眸に涙が溜まっていく。

「シダさん……私の愛は迷惑なのですか」

シダの涙を勘違いし、レオニードが淋しそうに問いかけてきたそのとき。

「――――――っ！」

パッと教会の扉がひらいた。

音楽がやみ、ひんやりとした外の空気が入りこんできたかと思うと、湖面に波紋が広がるように澄んでいた空気がざわめく。

「父上……それに母上も」

戸口に佇んでいたのは、焦げ茶色の礼服を着た国王と、レオニードによく似た風貌の美しい王妃らしき女性。彼女は豪奢な刺繍のドレスを身につけていた。

そしてそのふたりの後ろに同じように華やかな金色のドレスを身につけたほっそりとした背の高い妙齢の女性が立っている。背後に大勢の女官を従えているので、かなりの身分の女性だろう。なぜか彼女からとても刺々しい視線を感じて空気が痛い。

「レオニード、なにをしているんだ、結婚を許したわけではないぞ」

国王が激昂しているのがわかる。

それはそうだろう。一国の王太子の婚姻が自由にできるわけがない。それなのに、どうしてレオニードはこんなことを。

「父上、お待ちください。まだ結婚をするかどうか、彼からの返事をいただいていません。ただ私の愛を彼に誓っていただけです」

レオニードの言葉に、国王夫妻が驚いた顔をするが、それ以上に、その背後の女性と女官たちが表情をこわばらせていた。

「レオニード、ここにいるヨハンナ公女はどうするんだ」

父王が声を震わせたそのとき、背の高い女性がツカツカと聖堂のなかに入ってきた。ヨハンナ公女だろう。そして祭壇の前にあった聖杯をつかむと、彼女は勢いよくその中身をレオニードにぶちまけた。

「……っ」

「私のほうからお断りいたしますわ。どうかお幸せに」

彼女はくるりと背を向け、女官たちを従えて聖堂をあとにした。

「すみませんでした、あなたに不愉快な思いをさせて」

レオニードはシダを個室に案内してくれた。

彼の部屋の階にある書庫の隣をシダの部屋にと用意してくれたらしい。

そこには、糸車と薔薇色に染めた糸とこれから染める予定の糸、それから薔薇の花が大量に置かれていた。

「気を悪くしないでいただけたら嬉しいです」

レオニードのその優しさが胸に痛い。

「……」

シダは「いいえ」という意味をこめ、笑顔で首を左右に振ると、薔薇色に染まった糸を手にとり、編み棒に絡めた。

それにしてもまさか王太子だったなんて。

国王が結婚に反対するのは当然のことだ。それにすぐに結婚が許可されないのも。

自分は、彼にとっては、名前しか知らないオメガでしかない。

「シダさん、すみません、あなたに王太子だと伝えていなくて」

シダは首を左右に振った。しかし横目でチラリと彼を見て、「どうして」と言う目で問いかけた。

「勇気がなかったのです、あなたに真実を話すと嫌われる気がして」

嫌われる？　彼が王太子だとどうして。

「この国は、平和で、人々の人権も大切にはしている国ではあります。ですが、それでもまだオメガの立場は弱い。王侯貴族のなかには、オメガを貪るだけ貪り、子供だけ作って、さっさと捨ててしまう者も多い。この国だけではなく、他の国では、それこそ子供を作るための道具にするような王族もいる。ですから、あなたが私をそのような者と同列に思ったらどうしようと不安になって」

レオニードの言葉に、シダは手を止めて目をみはった。

このひとはそんなことを気にしていたのか。

何という優しいひとだろう。

シダは淡く微笑した。

大丈夫ですよ、という意味をこめて。

「ありがとうございます。でも本当は、それだけではなかった気もします」

窓辺に立ち、レオニードは窓の外を見た。シダはその横顔を見つめた。

「今日、久しぶりに母を見て……そのことに気づきました」

久しぶりに？　シダは小首をかしげた。

「母は近くの国から嫁いでいたのですが、愛のない政略結婚に耐えきれず、ずっと城の奥に閉じこもり、私は乳母に育てられました。先ほど、森ですれ違ったヤーシャという騎士の姉です」

「……」

「乳母はとても優しく、父王も私に優しく……私の教育係のヤーシャもすごく思いやりのある騎士で、私は本当に恵まれて育ちました。ですが……やはり母親から嫌われていることに心のどこかで傷ついていたようで。ですから自分に自信がなかった気がします」

レオニードは風に揺れる髪をかきあげた。

このひとは……そうだったのか。このひとのとても思いやりのある行為の奥に、愛情に餓えた淋しい不器用な姿があったのだ。

「……っ」

シダは立ちあがり、後ろからレオニードの背に手を伸ばした。そのままそっと背中から彼を抱きしめた。

ごめんなさい、すぐに愛を伝えられなくて。でも大好きですから。

「シダさん……」

胸の前にまわったシダの手に、レオニードが自分の手を重ねる。彼の背からシダのほおに伝わってくるぬくもりのあたたかさ。うっすらと感じる鼓動の振動。呼吸をしているのが伝わってくる感じ。そのなにもかもがとても愛しい。

自分の気持ちをすぐに伝えず、結婚を承諾できないことがとても悪いことのように思えてシダの胸は激しく痛んだ。

せめて、せめてなにか代わりにできることはないだろうかと思ったとき、トントンと扉をノックする音が聞こえた。

「レオニードさま、国王夫妻がお呼びです。前夜祭が始まりますので、出席して欲しいと」

扉の向こうから従者が声をかけてくる。さっきのヤーシャという騎士の声だった。

シダはハッとレオニードから離れた。

「わかった、今行く」

レオニードはふりむき、シダのほおに手を伸ばした。

「シダさん、今から国の行事に出席してきますが、すぐにもどってきます。その間に、女官に飲み物と軽い食事を運ばせますので、あなたはどうか心置きなくお仕事を続けてください」

レオニードはそう言うと、部屋を後にした。

すぐに女官が現れ、シダの部屋のテーブルにあたたかいお茶とハチャプリを用意してくれる。それから栗の砂糖漬けも。

「ハチャプリと果実がお好きだとうかがったので用意しておきました。祝福のくるみパイもあとでお持ちします」

祝福のくるみパイ？　この国でも、祝いごとがあるときに、くるみパイを焼くのだろうか。

シダはお茶を口に含みながらレオニードの優しさに感謝した。

（本当に……何てお優しいひとなのだろう）

なにもかもこちらが心地よく過ごせるように細やかな心遣いを示してくれる。

早く、早く気持ちを伝えたい。そのためにも編み物を終えなければ。

彼のことが大好きだ。愛している。でもその前に自分はなすべきことがある。

きちんと兄を助けだすことができたら、正式に兄のほうからレオニードとの縁談を持ちかけてもらおう。

そうなったら、国王夫妻も反対することはないだろう。

「こうして聖スタボリア祭の日を祝福できるのも、この国が平和で豊かだからですね。隣国のエデッサでは疫病がはやり、北のルーシは飢饉に悩まされているみたいですが」

「……っ」

シダは目を見ひらいた。

疫病が？　エデッサに？

しかもルーシを飢饉が襲っているのなら、いずれエデッサも食糧不足に陥る可能性がある。ルーシとの国境沿いで作物を育てているのだから。

「それではこれで失礼します」

女官が去ったあと、シダは深刻な表情で窓の外を見た。

秋の心地よい陽射し。冬が近い時期特有の澄んだ空が広がっていた。

遠くに見えるコーカサスの山は、もうすっかり白い雪に覆われて冬景色になっている。

あの向こうに、故郷がある。狼にされたままの兄と、魔女になってしまったイリナが統治している国が。今、エデッサはどうなっているのだろう。イリナが女王になってからすっかり変わってしまっただろうか。

（疫病だなんて……しかも飢饉の恐れもあるなんて……）

幸せになれない故郷。ここはこんなにも平和で幸せに満ちているのに、山の向こうではそんなことが起きているなんて。

悪魔と契約した女性が支配する国。考えてみれば、悪魔がもたらすものがその国を襲うのは当然のことだ。

ヨハネ黙示録（神学者聖イオアンの黙示録）に記されているではないか。

悪魔がもたらす四騎士——苦難の予言について。

戦争、飢饉、疫病がしっかりと記されている。

（ああ、早く……早く助けなければ。兄を。そして故国を）

シダがせっせと編み物をしていると、ミャウが足元で横たわってきた。

真剣に集中しすぎて、レオニードが戻ってきていることにも気づかず、シダはその日の糸がなくなるまで編み続けていた。

明日の分はまだ干したままだ。壁にある糸を巻かなければ。

丸めた糸の玉を一つ作り、編み物を続けようとしたそのとき、戸口でレオニードが自分を見ていたことに気づいた。

「……っ」

ハッとした顔のシダを見て、レオニードが微笑する。

「いいですよ、作業を続けて……と言いたいところですが、手が真っ赤ですよ」

レオニードに言われ、指先を見ると、あちこち糸でこすれて血が出そうになっていた。こんな手で作業をしては、糸に血がついてしまう。

「明日、あなたに手袋を用意します。とても薄くて繊細な作業ができる手袋です。なので今日はそのへんで休んでください」

シダはうなずき、編み物と糸の玉をテーブルに置いた。そしてもうしわけない気持ちでペコリと頭を下げた。

「私は好きですよ、熱心に集中されているときのシダさんの姿が。前にも言ったじゃないですか、その姿を好きになったと」

ありがたい、本当にこの人の気持ちが嬉しい。それだけに怖い。イリナはシダがここにいることがわかればなにをしてくるか。

この国がエデッサのようになってしまったら。

（いや、絶対にそうならないようにしなければ。ぼくが守らなければ）

そのためにこのひとと出会った気がする。

たった一人の肉親——兄を守ることはエデッサを守ることになる。

そしてたった一人愛した相手——レオニードを守ることはスタボリアを守ることになる。

もしかすると、そのために命を失うことになるかもしれないけれど、何としても悪魔から二人を守りたい。

二人と二つの国を。

自分は、今、とても大切な使命をになっているのだと、シダは己に言い聞かせた。

シダは荷物のなかから一冊の本を出し、彼に差し出した。レオニードに見せようと思って選んでおいた本だった。自分の気持ちに近いページにしおりを挟んでおいたのだ。

仕事が終わるまではなにもできない。動くことはできない。

つがいの契約は契約。けれどそれ以上に、あなたのただの愛人でありたい。

仕事が終わるまで、愛人でいさせてください。

その二言が記されたページを見て、レオニードはシダの気持ちを理解したらしい。

「わかりました。あなたの仕事が終わるまで、私は待つことにします。でも、いいのですか、私の愛人ということにして」

問いかけてきたレオニードにシダはうなずいた。

結婚は無理だけど。言葉で愛を誓うことはできないけれど。

せめてこの胸の愛を伝える手段が欲しい。発情期のためだけの「つがいの契約」ではなく、言葉や形で示せない愛をこの身体からあふれる想いで伝えたい。

そんなことを自分から持ちかけるのは、本当はとても恥ずかしいのだけど。

どんな形でもいいから、この人に愛を伝えたいから。

「あなたの仕事はいつ終わるのですか？」

シダは詩集の別のページを開いた。

——春、花が芽吹くとき。

そう記された詩のタイトルを見て、レオニードは小さく息を吐いた。

「では、春までの数カ月、私の愛人としてここにいてくれるのですね？」

ええ、とシダがうなずくと、レオニードが身体を引き上げてきた。

その反動でテーブルから落ちた編み物と、その先の糸の玉がくるくると石の床の上を転がっていく。その糸の玉の先にミャウが戯れているのが可愛い。

「……っ」

そのまま唇を奪われ、シダは彼の腕を摑んでいた。

のしかかるように体重をかけてくるレオニードと壁の間に挟まれ、はっと目を見ひらいた瞬間、レオニードがさらに唇を押しつけてきた。

「……ん…」

「嬉しいです、発情期でなくても、私をうけいれてくれることがとても」

大きな手のひらでシダのほおを優しく包みこみ、レオニードが顔の角度を変えながら唇をすり寄せてくる。

押しつけられる唇の心地よさに、ふっと引きこまれそうになるのを感じた。

「ん……っ……ふ……」

身体に加わってくる彼の重み、吐息、匂い。

なぜかそれだけで彼が欲しくなってくる。発情期でもないのに。身体の奥底から妖しい記憶が甦ってくるのだろう。

レオニードと肌を重ねたときの、発情期の甘美な記憶が――。

故郷の悪魔、故郷の魔女……兄を守ることさえできればそれでいいと思っていたのに。

ふっと唇が離れる。見つめると、切なさがこみあげてきた。

この人に会うまでの、あの森での日々が冷たい泥のなかにいるような毎日だった気がしてくる。

その日々に幸せと光をくれたレオニード。

だからこそレオニードには迷惑をかけられない。イリナに自分の居場所を決して知られないよう、命をかけても守らなければ。

聖スタボリア祭が終わると、半月の間に紅葉が散り、窓からの景色が一気に変化していった。風とともにカサカサと音を立てて落ち葉が舞い落ちていく。

国王は結婚ではなく愛人にしたということを聞き、シダの存在を黙認してくれたようだ。秋の終わりとともに王妃が病で倒れてしまったため、シダのことであれこれ揉めている余裕が無くなったというのが正しいのかもしれない。

「もし、シダとの間に子供ができたときは、正式に嫡男として認めればいい」

しかしシダに子供ができることはないだろう。

(司祭からもらった薬には、それだけの副作用があると聞いた)

あの薬は、魔物からこの身を隠すだけでなく、オメガの発情を抑制する効果もあるという。もちろん妊娠することもない、と。

それでもなお、レオニードだけに身体が反応してしまったのは、きっとシダが彼を愛してしまったせいだろう。

それにこの身にはイリナの魔法もかかっている。

アルファでないため、魔の力が通じなかったらしいが、イリナはシダを孕ませて、その子を悪魔に捧げようとしていた。

シダに子供ができてしまうと、イリナの死んでしまった子供とは叔父と甥。血縁関係にあたる。

もし万が一、妊娠して、その子がアルファだったとき、どうなるのか。

そんな不安を胸に抱きながら、シダはそれでも毎日のように薔薇の絨毯を編んでいた。これを持ってエデッサ公国に帰り、教会の大聖堂に敷かなければならない。寝る時間も惜しんで編んでいたのもあり、クリスマスの前には完成しそうだ。

(よかった、思っていたよりもずっと早く完成する。でも……)

この冬の季節にどうやってあの山を越えてエデッサに入国すればいいのか。

ここにやってきたのは春だった。

雪はあったが、そう多くはなかったので馬に乗ってくることができた。その後、馬は売ってしまったのだが。

けれど冬場、馬であそこを越えるのは大変だろう。徒歩でとなればもっと危険だ。

そんなことを考えながら、シダが薔薇の絨毯を編んでいると、少し疲れた表情でレオニードが政務から戻ってきた。

編み物をしているシダを一瞥(いちべつ)したあと、窓辺にたたずみ、こちらの手が止まるのを待っている。

冬の始まり特有の、それほど強くない透明な太陽の光が彼の金色の髪を照らしていた。その憂いに満ちた横顔が気になり、シダは目を細めた。

王妃さまの具合が良くないのだろうか。

心配な気持ちで見ていると、レオニードは視線に気づき、笑顔を見せた。何となく無理をしているのがわかるような笑みだった。

「すばらしいですね、あの糸がこんな素敵な敷物になるなんて」

肩に飛び乗ったミャウを撫でながら、レオニードはテーブルに置かれた砂糖菓子を口に含んだ。

大丈夫ですか？　と目で問いかけると、彼は小さく息をついた。

「もう二、三日持つか持たないか。ついにわかりあえないまま喪ってしまいそうだ」

平静を装っているように見えるけれど、落ちこんでいるのがわかった。シダは編み物の手を止めて立ちあがり、レオニードの肩に手を伸ばした。

そして背伸びをしてレオニードのほおにそっとキスをした。

どうか気持ちを強く持ってという思いをこめて。

「ありがとう、シダさん、あなたはいつも私のして欲しいことをしてくれますね」

レオニードが少し哀しそうに、けれど切なそうに微笑する。

それはあなたのほうです、と言えないのがもどかしい。

視線をずらしてうつむいたシダの肩をレオニードは優しく抱きよせた。

「すみません、すっかりあなたに甘えてしまって。でもこうしているだけで気持ちが落ちつきます。ありがとうございます」

こういうとき、彼になにも言えないのが辛い。思いやりのある言葉のひとつもかけられない。けれどそれをわかって彼はこんなことを口にしてくれるのだ。

「母はとても不幸なひとでした。愛がない結婚の犠牲者です。私は、自分が政略結婚をするとしても、絶対に相手を大切にしようと思っていました。けれど、ダメでした。やはり愛がないとダメだと気付きました。あなたと出会って」

耳元にそっと彼の吐息が触れ、胸が熱くなった。シダがじっと見あげると、レオニードは苦い笑みを見せた。

「あなたを愛して、余計に母の苦しみ、哀しみを理解しました。そして愛されなかった自分の存在の呪わしさも」

「……！」

そんなふうに思わないでください。

シダは顔をあげてレオニードのほおに手を伸ばした。

そういう心に傷をかかえていたあなただからこそ、ぼくは救われたんです。だからあなたを好きになったんです。

「大丈夫ですよ。今はそんなふうに思っていません。今はただ、愛を知らないまま天に召されようとしている母のことを思うと胸が痛くて」

シダは首を左右に振った。

愛を知らないままではありません。あなたがこんなにも想っているではありませんか。どうか息子からの愛を教えてあげてください。

そんなシダの心の声が聞こえたのか、レオニードはシダの手を摑み、そっと手の甲にキスをしてきた。そして祈るようにして言われた。

「ありがとうございます、あなたの声が聞こえる気がしました。そうですね、せめて私からだけでも最後に愛情を伝えます」

伝わっていた。想いがちゃんと伝わっていた。

ほっとしたような顔でまぶたを瞬かせたシダに、レオニードは静かな笑みを見せた。

「ありがとうございます、シダさん。本当にあなたに救われました」

涙が出てきそうだった。

きっとレオニードのほうが泣きたいはずなのに。自分が泣いてしまってどうするのかと思ったが、まなじりがふるふると震え、涙腺がゆるんでしまう。

その後、レオニードはシダの部屋をあとにし、王妃のところに向かった。

翌日、スタボリアにその冬初めての雪が降るなか、王妃は還（かえ）らぬ人となった。

鐘が鳴り響いている。

弔（とむら）いの鐘がずっと鳴り響いている。

王妃が亡くなってから半月——スタボリアは国家をあげて喪に服していた。

半月後の週末、国葬を行うことになり、近隣諸国からの使者たちがスタボリアを訪れていた。

雪がしんしんと降っているなか、シダの絨毯はもうすぐ完成しようとしていた。

完成したらこれを兄のところに届けにいく。そうすれば兄は人間にもどれる。

王妃の喪中ではあるけれど、国葬のあと、ここを離れよう。

そう思っていたのだが、葬儀に参列した各国大使のなかに予想もしなかった人物の姿を見つけ、シダは愕然とした。

（あれは……）

喪服を身につけ、聖堂にむかったシダは、城の入り口に現れた参列者のなかでひときわ目立つ女性の姿に気づき、反射的に柱の影に身を隠した。

宮殿の奥の広間で参列者からの挨拶を受けている国王と、その傍らにいるレオニードからは離れている。

大臣の一人がイリナの一行を奥へと案内している。

そのとき、近くにいたヤーシャと騎士仲間の会話が耳をかすめた。

「ヤーシャどの、あの喪服の美女は誰ですか。見たことがないお方ですが」

「エデッサ公国の新しい女王イリナさまだ。正式には女大公にあたるわけだが」

「エデッサ？　しかしあの国とは国交を断絶しているのでは」

「新たに国交を結びたいとして、イリナさま自らいらしたのだ。今後の和平のため、丁重に対応しないわけにはいくまい」

やはりイリナだ。彼女がどうしてここに。

シダは凍りついたようにその場で硬直していた。

幸いなことに悪魔と契約しているイリナからはシダの姿は見えないままのようだ。

気づかれないうちに、ここから姿を消したほうがいい。

そのとき、イリナとその一行は、広間に入ってすぐに壁にかかった一枚の絵を見て大きく目をみはった。

「これは……誰ですか」

しまった。シダは息を詰めた。

広間の入り口には、最近、レオニードが絵師に描かせたシダの肖像画が飾られていた。

「ああ、そちらは王太子さまの思いびとのシダさまです」

大臣が答える。

シダさま……。その言葉にイリナの顔が歪む。

「そのシダさまというのは……オメガですか」

「え、ええ」

次の瞬間、イリナは口元に冷たい微笑を浮かべた。

「見つけた、こんなところにいたとは」

イリナは薄く微笑すると、広間の入り口から大きな声で国王に話しかけた。

「国王陛下、エデッサの新しい君主イリナです。ご挨拶の前に、どうしてもあなたさまに伝えなければいけないことができました。失礼を承知で、一言、申しあげます」

イリナの甲高い声が反響し、その場にいた参列者や国の重臣たちが息を呑んだようにイリナに視線をむける。皆は、一体なにが始まるのかと息を凝らしているようだった。

シダは誰からも見えないよう、暗がりに移動した。

「突然、どうなされました、イリナさま。なにか一大事でも」

「ええ、一大事です。この肖像画の者が、かつて我が国にいたシダというオメガならば」

「え……」

「そのオメガは、我が国の第二公子でありましたが、悪魔と契約し、毒薬を使って公子ティモンを狼に変えました。彼は悪魔の花嫁……つまり魔女です」

広間がざわめく。

「どういうことですか」

レオニードの声が聞こえ、広間はすぐに静まり返った。

「そんなはずはありません、彼は魔女では」

「あなたもそのうち魔法をかけられてしまいます。その証拠に、この国に入りこみ、王太子の思いびとになっているではありませんか」

「それは関係ありません」

「ですが、彼は言葉を発することができませんね？」

「え、ええ」

国王が返事をする。

「それから聖なる荊（いばら）で身体を傷つけているはず」

「え、ええ、たしか指に血が」

再び国王が答える。

「そして編み物をしていますね」

「なぜそれを」

今度はレオニードが息を呑むのがわかった。

「魔女の証拠です。その編み物が完成する前に焼き払わないと、レオニードさまに呪いがかかってしまいます。そしてスタボリアに不幸が訪れます」

広間が大きくざわめく。

「王妃さまが亡くなられたのは、シダをこの城に招いたからです。このスタボリアに、今、蔓延し始めている疫病も彼がもたらした禍のひとつ」

疫病？　スタボリアに？

「魔女だったのか、あのオメガ。怪しいと思ったが」

重臣の誰かが声を荒げる。

「国王陛下、すぐに裁判を。異端審問会をひらかなければ」

「王妃さまも彼に呪い殺されたのかもしれません。彼がここにきてから、たしかに不幸が続いています。ヨハンナ公女のことでオーストリアも怒っています」

「待ってください。シダに確かめます」

レオニードの声は落ち着いていた。

「レオニード、それなら、シダをここに連れてきなさい」

「お待ちください、それではレオニードさまに危険が及びます」

誰かがそんなことを口にしている。

柱の影でその言葉を聞いていたシダは全身を震わせていた。

どうしよう。言い逃れできない。

それにイリナに居場所を知られてしまった。あの絨毯を焼かれてしまったら。

シダは急いで自分の部屋に向かった。そしてあと少しで完成する絨毯を丸めた。

一刻も早くここから出ないと。

みゃおん……と、ミャウが肩に乗ってくる。

「……！」

そのとき、レオニードが部屋に入ってきた。そして旅支度をしているシダを彼は絶望的な眼差しで見つめた。

「シダさん……」

もしや疑っているのか。

シダは涙に濡れた顔でレオニードを見上げた。どうしよう。もし魔女としてとらえられてしまったら。このままだと兄が助けられない。

(疑いを持った相手を殺さなければならないと言われた)

レオニードを殺す？　無理だ、殺せない。でも兄はどうなるのか。

激しい絶望がシダの心にひろがっていったそのとき、レオニードが問いかけてきた。

「あなたはエデッサの第二公子だったのですね」

シダは唇を噛みしめ、うなずいた。

どうしよう、彼は……。

しかし彼の次の言葉に、シダは大きく目を見ひらいた。

「……すぐに逃げてください」

レオニードのささやきにシダは息を吸いこんだ。

「早くその絨毯を持って」

では……イリナの言葉は信じないで？

「私があなたを疑うと思っていたのですか」

「……っ」

シダは息を震わせた。

「あなたをどれだけ愛していると思うのですか。今日、出会ったばかりの女性の言葉を鵜呑みにするほど私は愚かではありませんよ」

ああ、レオニードさま。

「おそらくイリナが魔女なのでしょう。そして……あなたが何のためにその絨毯を作っているのかも何となくわかりました。でもそれを言葉にしてはいけないのですね、神との約束なので」

気づいてくれている。このひとはわかっている。

「さあ、目的地に向かってください。私が時間稼ぎをします。その絨毯を持って逃げるんです」

「……っ！」

「従者のヤーシャがあなたを守ってくれます。あなたの目的地……おそらくあなたの故国ですよね。

そこまで送り届けるようにと伝えてあります。さあ、こちらへ」

「……」

シダは息を震わせた。

「時間がありません。このコートを着て逃げてください」

レオニードは毛皮のコートと帽子を用意してくれていた。

「ここは私とヤーシャしか知らない秘密の通路です」

レオニードの部屋のベッドの下に隠し扉があった。その通路を使って地下へとむかう。地下からは跳ね橋の下にある秘密の地下道を抜けて外へと出る。

するとすでにヤーシャが雪ぞりを用意してそこで待っていた。

大雪が降っている。視界は真っ白だ。

「シダさん……待っています。あなたが戻ってこられるようにしておきます。ですから目的を果たしてここに戻ってきてください」

祈るように言うレオニードが愛しくてどうしようもない。シダはミャウを抱いたまま自分から彼に口づけした。

「あなたが戻ってきたら結婚式です、いいですね」

結婚式、ええ、必ず戻ってきます。あなたと幸せになるために。

うなずくと、シダは雪ぞりに乗りこんだ。

愛しています。次に会うときは、今度こそきちんと伝える。あなたを愛していると。そのために、

今から兄のところに向かいます。

心も魂もあなたの愛に守られていると信じて。

†

激しい雪混じりの風が吹き荒れ、視界もままならない天気になってきた。

(ヤーシャ、シダさんを頼んだぞ。彼をエデッサまで無事に届けてくれ)

それまでの間、王太子として混乱を鎮めなければ。

彼が何のために薔薇を育てて、何のために糸を紡ぎ、何のために絨毯を編んでいたのか。

それがわかっていればもっと彼を守ることができたのに。

広間の前まで戻ると、イリナの声が聞こえてきた。

「シダを私に返してください。あの子は悪魔の花嫁になる契約をしているのです。我が国で魔女として処刑しなければなりません」

イリナがそう言うと、父王はホッとした顔で胸をなで下ろしていた。

「だから息子があんなことを言い出したのだな」

「国王陛下、大変です。レオニードさまが裏門からシダを逃しました」

「何だと」

「すぐに捕まえて、国王陛下、シダをすぐに」

「わかった、指揮官を派遣する。裏門からあとを追え」

何だと。

レオニードは裏門に戻った。

そのとき、裏門の跳ね橋をおろそうとしている十数名の騎馬兵に気づいた。

「追え、魔女を逃すなっ」

国王軍だ。ヤーシャとシダを追うつもりだ。

「待て！　ここから先に行ってはならない」

レオニードは剣を手に、裏門の跳ね橋の前に立ちはだかった。

「レオニードさま、あなたは魔女に呪われています。このままだとあなたも異端審問にかけられますよ、さあ、そこを開けてください。これは国王命令です」

騎馬の上にいるのは国王直属の指揮官だった。

魔女に洗脳されてしまったのか。彼らの目の焦点が合っていない。

「待て、冷静になるんだ、指揮官」

「邪魔をするなら、彼を射て！」

指揮官の声があたりにこだました。騎馬の上から一斉に弓矢が飛んでくる。

「……っ！」

夥(おびただ)しい弓をレオニードは剣で交わした。しかし雪のなか、次から次へと鋭い音を立てて矢が嵐のように襲ってくる。

何ということだ。国王の軍が王太子を襲ってくるとは。

「王太子を捕らえろ。そしてシダを追え」

そんなことはさせない。

逃さなければ。シダを故国に無事に送り続けないと。

「ここは通さない、誰であろうと」

猛烈な吹雪が叩きつけるなか、レオニードは橋を下ろすための取手の鎖を外し、城の壁の向こうにある崖下(がけした)に落としてしまった。

この烈風のなか、断崖(だんがい)の下まで取りにいくのは無理だ。これでしばらくの間、跳ね橋を下ろすことができない。

「王太子殿下、魔女に惑わされましたか。国王の命令に逆らうとは。あなたを逮捕します」

指揮官が馬から降り、剣を手にレオニードにむかってくる。目の前で振り下ろされた剣をレオニードは鞘(さや)で食い止めた。

「く……っ」

この指揮官はヤーシャと同じくらいの剣の使い手だ。何度もトーナメントで優勝している。さすがに剣が鋭い。

「王太子殿下、どうかおとなしく捕らえられなさい。剣術大会最下位のあなたになにができるというのですか」

最下位。そう、無駄に人を傷つける剣なら持ちたくないと思っていた。けれど愛する者を守るための剣なら。

「……っ！」

周りにいる騎馬兵たちが固唾を呑んでその様子を見ていた。

再び指揮官が剣をレオニードの肩のあたりに振りおろしてくる。さっとよけ、レオニードは黒いマントを翻して自分の剣でそれを振りはらった。

雪の降るなか、カンカンと金属がぶつかる音が裏門前の広場に反響する。

少しでも長く時間を稼ぎたい。

そんな思いからレオニードは懸命に何度か同じように相手の剣を払っていった。剣先がぶつかるだけで、降り落ちてくる雪の結晶までも切り裂くような緊張感が走っている。

「強い……王太子があんなに強いとは」

「信じられない」

騎士たちや周りに集まった使用人たちの間からそんな声が聞こえてくる。

「うっ！」

レオニードはすばやく指揮官の手首を自身の肘で払い、その首筋に斬りかかっていった。

鋭く風を斬り裂くような剣の音がした次の瞬間。

「あ……っ……っ！」

脇腹（わきばら）のあたりに鋭い痛みを感じた。

誰かが放った矢が背中から刺さったのだ。ハッと見れば、塔の上から父の横に立った弓の使い手が大弓を放っていた。

どうして……。

父の横にはイリナ。そうか、父は彼女に……。

激しい立ちくらみがする。

もしかすると、このまま、自分は……。

そのとき、耳の奥にシダの声が聞こえる気がした。一度も聞いたことがないはずの彼の声がはっきりと耳に。

——愛しています。次に会うときは、今度こそきちんと伝える。あなたを愛していると。そのために、今から兄のところに向かいます。心も魂もあなたの愛に守られていると信じて。

シダ……。

どうか無事に故国に戻ってください。

そして無事にあなたの果たすべき使命を……。

レオニードはそのまま一歩二歩と後ろに下がっていった。

やがて足が踏み場を失うことに気づいた。そのまま身体が落下していく。さっき、自分が跳ね橋の鎖を落とした崖の下に向かって。

7　花の宿にいるあなたへ

ひと目ひと目、兄を助けたいという思いを込めてシダは絨毯を編んでいた。

ローズピンクが強い虹色の薔薇だったが、絨毯を編んでいくうちに、光の加減でどんな色にも見える不思議な敷物だというのがわかった。

ローズピンクに見えるときもあれば、淡い紫色に、時々、甘いオレンジ色に。そうかと思えばアクアブルーにも見えた。

あと少しというところでイリナが城に現われたため、命からがら雪のなかを逃げだし、エデッサまで戻ってきた。

スタボリアからの旅の間、ヤーシャはレオニードとの思い出をたくさん語ってくれた。

「とてもいい方です。謙虚すぎるほど謙虚で、いつも自分のことよりも周りのひとに気遣ってばかりで……ご自分の意思というものがないのかと心配していました」

それはわかる。彼はいつもそうだ。

「その彼があなたさまと出会ってから、自分の意思というものを強く持たれるようになりました。

あなたを逃そうとされたときの素早い行動、魔女ではないと信じ抜く意思の強さ。初めて彼のなかに焔を見ました。ですからあなたに感謝しています。あの方は、きっと素晴らしい君主になられると思います」

そんな話を聞きながら一週間ほどでエデッサの首都にたどり着いたのだ。

疫病が流行しているという話だが、首都全体が荒廃した印象になっている。食べ物に飢えた路上生活者たち、親を喪って泣いている子供。その子もすでに疫病に罹患しているようだ。

「スタボリアとはまるで違いますね」

ヤーシャが驚いたように呟く。

そのままかつて薬師見習いとして暮らしていた修道院に行ったが、そこは誰もいない荒れ果てた廃墟になっていた。司祭の姿もない。

「近隣の者に聞いたところ、女王に逆らったため、全員、捕らえられ、地下牢に閉じこめられているそうです」

このままイリナが戻ってくる前に、全員、逃さなければ。

おそらくイリナはすぐに戻ってくるはずだ。

シダは修道院の本のなかから、ヤーシャに実行して欲しいことと同じ内容が記された書籍を探して彼に示した。

「つまりあなたが兵士たちを眠らせている間に、私は地下牢に捕らえられている人たちを解放すればいいのですね」

それから狼も――という意味をこめて、シダは写本のなかにあった狼の絵を指さした。

「狼も？　狼も捕らえられているのですか」

シダはコクリとうなずいた。

そして聖堂の地図を指さした。

「狼をここに連れてくるのですね」

シダは大きくうなずいた。

さすがレオニードの腹心の部下だ。すべてこちらが望むことを理解してくれた。

決行は明日の早朝。

前日の夜、シダは編みあがった絨毯を手に、ヤーシャとともに城にむかった。

雪が積もり、凍りつくような季節ということもあり、城の警備は手薄になっていた。それともイリナが不在のせいか、あるいは疫病のせいか。兵士たちの数も少なくなっているのかもしれない。

おかけでしのびこみやすかった。

召使に紛れて城の厨房に入り、シダは兵士たちの食事に眠り草を混ぜた。誰が悪魔の使者になっているか分からないからだ。

兵士たちが眠っている間にヤーシャが地下牢へ急いだ。

一方、シダは教会に向かった。そのとき、教会の前の広場にイリナの等身大の彫像が建っていることに気づいた。

「……っ！」

一瞬、視線を感じてぎくりとした。見えているのかもしれない。この彫像のむこうから彼女が見ている気がする。

いや、しかし彼女にシダの姿は見えないはずだ。

シダは聖堂の扉を開けると、祭壇までの通路に絨毯を敷いた。

ちょうどいい長さに完成していた。ふわふわとした薔薇色の絨毯が大理石の床を染め、祭壇までの道を作っていく。

そのとき、気づいた。

絨毯の上にステンドグラスからの光がかかると、空間が輝くことを。光のプリズムができあがっていくのだ。

「シダさま、狼を連れてきました」

ヤーシャが大きな狼を連れてきた。

かつては白かったはずの被毛が灰色がかっている。狼化が進んだせいだろうか。

しかしそのむこうに兄の姿が透けて見え、シダの眸に涙が溜まっていく。

兄上……。

ようやく兄を助けることができる。この日のためにやってきたことがむくわれる。

(レオニードさま、ありがとうございます。あなたのおかげで兄上を助けることができます)

朝の光がステンドグラスから差しこむなか、白い狼が薔薇色の絨毯の上を歩いていく。

一歩、二歩と狼がふみしめるたび、網目が解け、糸が解け始めた。そしてそこに縫い止められた

花びらが舞い上がって薔薇の甘い香りが教会のなかに立ちこめる。

聖なる森で育まれた聖なる薔薇の花。その花に染められた糸が花びらとともに空中で溶け、その空間を混じり気のない虹色に染めていく。

虹色の光のなか、少しずつ兄の姿が人間に戻っていった。

凛々しい王子の姿に戻ると、教会の周りに集まっていた人々から一斉に声があがる。ヤーシャが解放した修道士たちだった。

「そういうことだったのですか。この絨毯は、魔物の呪いを解くための……」

ヤーシャが驚いたように声をあげたそのとき、教会の外の広場でなにか石のようなものが崩れる音がした。

ガラガラ……と凄まじい音を立てて教会の前に建てられていたイリナの彫像が崩れていた。広場の噴水の横にひび割れた彫像が倒れている。

その瞬間、確信した。

魔法が解けたのだ。シダの兄への思いがイリナの魔法に勝ったのだ。

「シダ……」

兄が静かにシダに歩み寄ってくる。

「……よかった、兄上……」

双眸に涙を溜め、じっと兄の姿を見つめるシダだったが、彼の表情を見て硬直した。

無表情で死んだような目をしている。そう、ちょうど噴水の横に倒れているイリナの彫像のように、眸に何の感情の色も宿していない。

彼はイリナの彫像の頭部を手にとって、噴水の水に落とした。そのままじっと噴水の前にたたずみ、水に視線を向けている。

「兄上？」

なにが起きているのか。兄が人間にもどれたことですべてうまくいくのではないのか。魔を祓えたのではないのか。

けれどなにかが違う。心が違う場所にいるようだ。この奇妙な違和感は何なのか。

そう思ったとき。

「……っ」

シダは猛烈な吐き気に襲われた。

ムカムカとする。肉体を襲う激しい倦怠感。

「う……っ」

シダは噴水に駆け寄った。そしてその泉の水に手を伸ばした。今にも凍りつきそうなその水の冷たさに触れたかった。

「う……っ……うっ」

この恐ろしいほどの吐き気はどういうことなのか。こんなのは初めてだった。

そのとき、水の底にいるイリナの彫像の双眸と視線が絡んだ。

じっと見つめられている。背筋に異様なほどの寒気を感じる。

イリナの影像がシダを見据えたまま、話しかけてきた。

『シダ、それで私に勝ったつもり？　肉体の魔法を解いたくらいで彼は元にはもどらない。長い間、心も魔に囚われていたのだから。私の魔法からそんなにあっさり逃れられると思っているの？　おまえの肉体も』

地獄に堕ちた魔物のような不気味な声だ。けれどその場にいる者には聞こえない、シダの脳にじかに響いてくる声だった。

「……どういう意味……ですか」

震える声で問いかける。この異様な嘔吐感と肉体の苦しさ、それに得体の知れない恐怖に身体が引き裂かれそうな気がして息が苦しい。

水のなかの影像の向こうに、本物のイリナの姿が透けて見えた。

ふふふ……と赤い唇を艶やかにひらいてイリナが微笑している。双眸も赤く染まり、すさまじいほどのシダへの怨念のようなものを感じた。

『待つわ、おまえの内側に宿った子がこの世に誕生するのを』

え……。

シダは目をみはった。

『そこにいる子は、私に魔法をかけられた子。その子が生まれるのを待つわ。その子がアルファなら狼として誕生するはず。その子の血と肉と心臓とを主に捧げれば、我が子が復活する』

そんなバカな……。

自分には子供は生まれないはず。

「シダさま？」

呆然としているシダに、心配そうにヤーシャが近づいてくる。

（こんなことって……）

レオニードとは何度も愛しあった。けれどシダが発情期だったのはたった一度だけ。あの「聖なる森」で愛しあったときだ。

つがいになる契約をしたときだ。子供を授かったのはあのときだ。

ああ、神さま……。

「……っ」

シダは涙を流した。どうしよう。レオニードさまとの子どもなのに。

この子を助けなければ。

この子が生まれたあと、もしも狼となってしまったら。またあの絨毯を歩かせなければならないのか。それとも他に魔法を解くすべはあるのか。

愕然としていたそのとき。

（え……）

噴水の水の底から、レオニードが国王の騎士たちに襲われている映像が浮かびあがってきた。

黒髪の指揮官に斬りかかられ、その剣を払っていたとき、後ろから弓矢で射たれた映像。

シダを逃したときの姿だ。

本物なのか、あるいはイリナが見せているまやかしなのか。

しかし雪の谷底で血を流して横たわっているレオニードの姿がはっきりとうかびあがってきた。

その傍にはイリナの姿がある。

彼女は手を伸ばし、レオニードの身体を抱きあげた。

『シダ、待っているわ、おまえがその子を私に捧げるときを』

どうしよう、まさか彼はあのとき、怪我を？

「ヤーシャどの、すぐにスタボリアにもどってください。レオニードさまが」

シダは身体を襲う吐き気とだるさをこらえながら、ふりむいてヤーシャの腕をつかんだ。

「どうしたのですか」

「ぼくを逃すとき、負傷したようです」

「えっ……待ってください、どうしてそんなことが」

「見えたんです、今、その噴水の水の底に、怪我をして倒れているレオニードさまの姿が」

「幻覚ではなく？」

ヤーシャは不思議そうに眉をひそめた。

「ええ、トーナメントで優勝したこともある指揮官に剣で斬りかかられている姿が」

「指揮官？　それは黒髪の？」

「ええ。イリナ公妃の魔法か罠（わな）かはわかりません。でももしも真実なら……」

「わかりました。スタボリアにもどりましょう、シダさま、あなたも一緒に」

しかしシダは首を左右に振った。

もしもこの体内にレオニードの子供がいるのなら……。

「ぼくは後から行きます。ですからあなたは一刻も早くスタボリアへ。あなた一人なら、ぼくがいるよりもずっと早くもどれるはず」

「承知しました。すぐにもどります」

「イリナさまには気をつけて。決して彼女の目を見てはいけません」

「目を?」

「ええ、その瞬間、彼女の傀儡になってしまいます。自分の意思とは関係なく、操り人形のようにイリナさまの言いなりになってしまうのです」

そう説明しながら、シダはハッとした。

そうか、兄はまだイリナの魔法から完全に解放されていないのだ。長い幽閉中に少しずつ心も……。シダの編んだ絨毯によって狼化を止めることはできたが。

「お願いします、どうかレオニードさまを守ってください」

どうかご無事で。レオニードさま。

†

レオニードさま、レオニードさま。

シダの声が聞こえてくる。一度も聞いたことがないその声が――――。

「……っ」

長い眠りから覚めたあと、レオニードはそれでもしばらく意識が朦朧としていた。

弓矢で射たれ、断崖から雪の谷底に落ちていったあとの記憶はない。果たしてどうなったのかわからないが、意識があるということは命が助かったということか。

「レオニードさまはどのようなご様子ですか」

どこからともなくヤーシャの声が聞こえ、レオニードは重いまぶたをひらいた。どうやら城内の自分の部屋で横たわっているらしい。

「国王陛下のご命令です。ここには誰も入ることは許されません。たとえヤーシャさまであっても」

ヤーシャがもどってきているのか。シダはどうなったのか。彼の目的は果たせたのだろうか。

確かめたいが、起きあがることができない。

腹部がとても重く、痛みが残っている。手で確かめると、包帯が巻かれている。弓矢で射られたところがまだ回復していないのだろう。

廊下の様子をもっと確かめたかったが、傷が痛み、まだ熱があるのか、レオニードは朦朧としたまま再び意識を失っていた。

次に目が覚めたのは、乳母の声が聞こえてきたときだった。

「レオニードさま、包帯を替えにきました」

うっすらと目を開けると、乳母がほっとしたように微笑する。

「よかった、弟から伝言をあずかっています。あちらのほうは万事うまくいったとのことです」

周りを気にしながら、乳母がそっと耳打ちしてくる。

万事うまくいった……つまりシダは無事。彼の目的も達成できたということか。

（よかった……）

ほっとしたとたん、また意識を失ってしまった。それから数日、高熱が続いたようだが、耳元でヤーシャの声が聞こえ、レオニードは意識をとりもどした。

深夜だ。人気がない時間帯に、レオニードのベッドの下の秘密の通路から入ってきたらしい。

「レオニードさま、あなたが魔女にそそのかされたという噂が立っております。そのせいで、しばらく幽閉されることが決まったようです」

ベッドの傍らに座り、ヤーシャは小声で話しかけてきた。

「……回復したあと、あなたは異端審問会にかけられると思います」

「……っ」

異端審問会……魔女裁判か。

「……シダさんは？」

「無事に送り届けました」

ヤーシャはエデッサで見てきたことを説明してくれた。

大勢の修道士たちが捕まえられていたこと。そこに狼になったティモンがいたこと。シダが完成させた絨毯の上をティモンが歩くと、彼が狼から人間にもどったこと。

「そうか……よかった。それでシダさんは……今どこに」

「エデッサの修道院に。春になったら、修道士がこちらまで送ってくれることに」

「その前に……この国を何とかしないと」

「はい」

ヤーシャの話では、父王はすっかりイリナの魔法に洗脳され、前王妃の喪が明けたあと、彼女と再婚すると決めたらしい。

前王妃の喪は一年間。今年の聖スタボリア祭のときに盛大に結婚式を行うつもりだろう。あと数カ月しかない。

「まずい、そんなことをしたらこの国は滅びてしまう。このままだと父王が魔女に愛を誓う傾国の王となってしまうわけか」

黒魔女に愛を誓ったら、「聖なる森」と「聖なる湖」の結界が破られる。そうなれば、簡単に他国の軍隊が侵攻できるようになってしまうのだ。

平和な国家ゆえ、スタボリアの軍隊は決して強くはない。他国の攻撃を受けると、たちまち壊滅してしまうだろう。

「父の結婚を……止めなければ、何としても」

「国内では、シダさまが黒魔女で、あなたがその魔女に愛を誓う傾国の王族として国民から不審に思われています」

「……早く回復しないとダメだな」

この身体では、今すぐ動くのは無理だ。

なによりレオニード自身、魔女裁判を待つ身。悪魔と契約していると、異端審問会が判断してしまったら、レオニードは火刑に処されてしまう。

さすがに父もそこまではしないと思うが、イリナの操り人形となっている今、冷静な判断を望むのは無理かもしれない。

「……正しい目で見れば、レオニードさまが悪魔の眷属でないことも、シダさまが魔女でないこともわかりますが」

「ああ、ふつうはわかる」

自分の目で物事を判断でき、自分の考えをしっかりと持った人間なら、レオニードがいたって平凡なふつうの人間であることも、シダが魔女でないこともわかるのだが。

「ですが、魔女に支配されている人間はふつうではありませんので」

「そうだな」

「イリナさまの証言に加え、彼が口がきけないのと、薔薇の棘で痛めた傷跡があること、それから不思議な絨毯を編んでいることで魔女だと判断されてしまったようです。しかも猫を連れています」

「あれは薔薇の棘でできた傷だ」

「しかし魔女裁判では、身体に悪魔の印があるものは魔女と判断されます。シダさまの指の傷をそんなふうに異端審問官に判断されてしまう可能性もあります」

「確かに厄介だな」

「ですから、それまでにイリナさまを何とかしなければ」

「ああ」

だが、レオニード自身が魔女裁判にかけられてしまう立場ではどうすることもできない。このままだと冤罪で火刑にされてしまう可能性もある。

イリナにとってはそのほうが都合がいいだろう。

身動きが取れないのが悔しい。

このままだと相手の思うつぼだ。

だが焦っても傷が良くなることはない。

とにかく今は回復することを考えなければ。そしてこの国とシダを守るためにどうすればいいのか考えなければ。


それから傷が回復するまでの間、毎夜のように夢のなかでシダが話しかけてくるようになった。

正しくは、シダが話しかけてくる夢を見るようになっただけだが。

夢のなか、シダはいつも『聖なる森』にいた。

そしてあの薔薇に包まれた廃教会の聖堂で、両手を合わせて神に祈るようにしてレオニードに話しかけてきていた。

『レオニードさま、ありがとうございます。あなたのおかげで兄のティモンを助けることができました。でも兄上はまだイリナさまの魔法がかかった状態です。幽閉中に心を支配されていたようで……まだ完全には……。もしも兄上がなにか交渉ごとをしてきたとしても信用せず慎重に行動してください』

妙に生々しい内容の夢だった。

果たしてシダが現実的にレオニードに語りたいと思っている言葉なのか、それともただの夢なのかわからないけれど。

（いや、わかる。多分、現実だ。私とシダは深いところで魂が結ばれていると思う。だから彼の祈りが聞こえてくるのだ）

おそらくこの夢が正しければ、シダはあの森にいる。薔薇の園に包まれた教会でミャウと一緒にレオニードがくるのを待っているはずだ。

『レオニードさま、ヤーシャどのにも伝えましたが、なにがあってもイリナさまの目を見ないで。彼女の目を見たら魔法をかけられ、操り人形になってしまいます』

そんなことを語りかけてくる夢もあった。

『レオニードさま、もしものときは証人として我が国の修道士を魔女裁判の場にお呼びください。ヤーシャどのが保護してくれているはずです。彼らは、イリナさまに逆らったとして捕らえられていました。誰が魔女なのか証言してくれます』

その夢を見た翌日、部屋に訪ねてきたヤーシャに修道士たちを保護しているのか尋ねてみた。

するとヤーシャはとても驚いた様子で「保護しています」と答えた。

「どうしてレオニードさまがそのことを」

ヤーシャはとても不思議がっていた。

やはりこの夢は、現実に彼が語りかけていることなのだ、そう思った。

しかしレオニードが回復し、ベッドから起きあがれるようになったころから彼の夢は見なくなってしまった。

怪我をしてから数カ月後のことだった。


レオニードの回復と同時に裁判がひらかれることになり、しばらくあわただしい日が続いた。

さすがに王太子を魔女裁判にかけることに躊躇を感じたのか、父王はレオニードではなく、シダの裁判を先にするようにと教会に命じた。

イリナ王妃の証言と修道士たちの証言が真っ向からぶつかりあい、エデッサの新大公のティモンまで裁判の場に現れた。

しかし彼は自分が狼だったときの記憶はなく、シダに助けられたこともイリナに魔法をかけられたことも覚えていないと証言した。

「私は病気だったのです。なにも覚えていません」

裁判での証言に、修道士たちとヤーシャが反論したが、証拠がないこととシダ本人の行方がわからないため、裁判はいったん中断されることになってしまった。

「ほら、ごらんなさい、私の勝ちよ。シダがいないこと自体が魔女の証明じゃないの」

イリナは勝ち誇ったようにほほえんでいた。

すっかり彼女の虜になっている父王はまったく頼りにはならない。それどころか、レオニードが怪我で伏せっている間に、スタボリアの政務の多くをイリナが任されるようになっていた。

「イリナさま、あなたは、まだ正式に父上と結婚していません。まだエデッサの人間です。スタボリアの政務に関わることはおやめいただきたい」

レオニードがいくらそう進言しても無駄だった。すでに政府中枢がイリナの魔法に支配されている。このままではスタボリアは滅亡してしまうではないか。

（仕方ない、あの男に……）

裁判を終え、国に帰ろうとしているティモンをレオニードは追いかけて呼び止めた。

ちょうど城から馬に乗って出ようとしているところだった。部下たちに離れてもらい、レオニードはティモンを責めた。

「ティモンどの、シダさんはあなたを助けるために、それこそ命がけで薔薇の花の絨毯を編み続けたのですよ。それなのに記憶がないなんてどうしてそんなことを」

ティモンは肩をすくめ、困ったような顔で苦笑する。

「本当に覚えていないのです。助けてくれたのだとしたらシダに感謝したい。でもシダは行方不明になってしまった」

「こんなことにさえならなければ……私はシダさんとの結婚をあなたにお願いし、エデッサとスタボリアの和平に尽力するつもりでいましたが」

レオニードの訴えにティモンが視線をずらす。

「もし何事もなければ、彼と結婚してほしかった。だが、彼は悪魔の花嫁だ。すでに悪魔の子を妊娠している可能性があるだろう。狼の子だ。一年前、狼だった私の目の前で、彼は悪魔の花嫁の衣装をつけ、血の杯を飲もうとしていた」

シダさんが？

悪魔の花嫁の衣装を？　しかも狼の子だと？

イリナもそんなことを口にしていたが、人間が狼の子を妊娠するなどあり得ない。

「いえ、もしもシダさんが妊娠しているのだとしたら、それは私の子です。私は彼とつがいの契約を結んだのですから」

「だが、修道士の話だと、シダは特殊な薬草を飲んだらしい。子供ができなくなる薬草だ。レオニードどのの子供を彼が妊娠することはない。その時点でシダは魔女なんだ」

ティモンと話をしていると、苛立ちを感じる。

完全に彼を魔女だと決め付けているからだ。命がけで助けてもらったのに、どうしてそんな残酷なことを。イリナに洗脳されているというより、彼の意思で話している気がする。

こんな男のためにシダが懸命になっていたのかと思うと腹が立ってどうしようもない。

このままシダが見つかれば、彼は完全に魔女として処刑されてしまうだろう。

それだけではない、すさまじい拷問を受けることになるかもしれない。

魔女裁判の裁判官による過酷な拷問は有名な話だ。

『自分の中に悪魔がいると答えなさい』と言われ、水責めを受けたり、熱湯を浴びせかけられたり、あるいは爪を剝がされたり……。

「シダさんが魔女である証明を……あなたはどうやってするというのですか」

「簡単だ。エデッサの飢饉や疫病がその証拠になる」

「すべての悪事の原因をシダさんに押しつけるんですね」

「シダではない、悪魔と契約した魔女だ」

「違います、飢饉も疫病もただの自然の現象です。ティモンどの、どうか御助力を。彼はあなたを命がけで助けたのに、どうして記憶がないなんて嘘をつくのですか」

「嘘などついていない」

「いえ、ついています。記憶がないのなら、どうして一年前、彼が悪魔の花嫁になったなどと口にできるのですか」

レオニードは腰から抜いた短剣の切っ先を彼のあごの前に示した。

「本当のことを言ってください」

「こんなことをして……宣戦布告と受けとるぞ」

「私も命がけです。愛するひとを守るために。あなたを殺すことくらい厭わない」

そうだ、激しい怒りがレオニードの身体にあふれていた。

シダが指を傷付けながら、くる日もくる日も薔薇を摘み、糸を紡いでいたのは誰のためだったのか。それなのに、この男はそのことに感謝することもなく、嘘の証言をしようとするなんて。

絶対に許せない。殺すどころではない。

それはレオニードが生まれてはじめて感じた怒りの感情だった。どうしようもない怒り、やりきれない悔しさが全身に渦巻いている。

「さあ、正直に言ってください。でないと、命はありませんよ」

「……っ」

ティモンは小さく息を吐いた。

「負けたよ。助けてくれ、我々を。きみならできる」

レオニードの肩をポンと叩く。

「シダのことはすべてきみに任せる。彼は最高にいい相手とめぐりあったようだ、うらやましいよ」

「では……」

「証言する。イリナが魔女だと、裁判ではっきりと」

「やはりそうなのですね。でも、どうしてですか、どうしてシダさんのことを」

するとティモンはうつむき、首を左右に振った。

「怖いのだ。あの子ができすぎていて」

「できすぎ?」

「私はイリナの魔法に支配され、狼になりかけた。なのに、あの子はイリナの目の力にも負けなかった。その上、命がけで、薔薇を編み、私を助けようとした。彼の必死さが怖い」

そういうことか。

ティモンは異母弟をオメガばかりの修道院に放りだしていたことに罪悪感を抱いているのだ。

それなのに、異母弟が予想以上にすばらしい人間に成長し、さらに異母兄を助けようと命がけになるひたむきさに、反対に自分にはないものとして恐怖を感じていたのか。

手を傷つけられても、命を狙われても、それでも異母兄を守ろうとする一途さに。

「それは……彼があなたから愛されたかったからですよ」

レオニードは痛ましい気持ちで言った。

「愛されたかった？」

「肉親からの愛をあなたに求めていたのです」

シダの気持ちが痛いほどわかる。自分も虚しい愛情を母親に求めていたから。そしてその虚しさに気づき、彼がそっと愛で包もうとしてくれたからこそ。

そう、互いに愛に飢えていたから。

「愚かなひとだ。シダさんは……神がこの世におくりこんだ天使なのに」

思わずレオニードはそう呟いていた。

天使——。穢れない心。

だからこそイリナの魔法に打ち勝つことができたのに。だが、だからこそこうして心に負の感情を持った人間からは忌まわしく思われてしまうのか。

「ティモンどの、あなたは残酷だ。ひどいひとだ。あんなに美しい魂の人間はいないのに。この世界で最も尊く、最も無垢な魂に愛されていたのに……」

そう口にしてレオニードは気づいた。

ああ、そうか。だからこそ、だからこそ悪魔はシダが欲しいのだ。

穢れのない魂だからこそ。


「……わかった。証言しよう、次の裁判で。イリナこそ魔女だと」

次の裁判は一週間後だ……。

遅すぎる。そんなことをしている間に、イリナが逃げてしまうではないか。

「待てない、ここに署名を」

レオニードはティモンから裁判用の書類への署名をもらうことにした。

一刻も早くシダへの疑惑を晴らしたかったからだ。

ティモンからの署名をもらって教会に届けると、裁判官はイリナを逮捕した。しっかり目隠しをして。父王が反対したが、教会の権力は国王よりも強い。

「次の裁判からは、シダではなく、イリナの魔女裁判になる」

そう告げられ、安堵(あんど)したレオニードは「聖なる森」へ向かうことにした。

おそらくシダはそこにいる。

これでようやく安心してシダを迎えることができる。

今度こそ、正式に彼と結婚できるのだ。

その喜びを胸に「聖なる森」に入ったレオニードは、「聖なる湖」の近くの森を通りぬけ、以前よりもずっと美しく大きくなった薔薇園の前に出た。

「すごい……これはシダさんが育てたのか？」

以前のように薔薇の糸を作る必要はないのに。それなのにどうして。

すると薔薇園の中央にシダの姿があった。

ああ、愛しいひと。ずっと会いたかった愛するひとがあそこにいる。

レオニードは幸せを噛みしめながら薔薇園に入っていった。

あのときと同じようにシダは薔薇の野原で花の手入れをしていた。

けれどあのときとは違う。

上空は甘い朝焼けの色に染まっている。

以前と似て非なる色だ。

ほんのりとした明るさは変わらないけれど、あのときと違って今は少し暗い。

この時間帯は特別美しい。

淡い青と紫とが溶けあって空気を染めている時間帯。

時々、雲が金色に光ってしまうのもこの季節特有の夜明け前と夕暮れどきの色だ。

薔薇の野原のなかの、白やベビーピンク、レモンイエローといった淡い色の花が青みがかりながら幻想的に浮きあがって見えるのは変わらない。

この神秘的な時間帯に彼とつがいになった。聖なる森の聖なる時間に……。

今も同じような感じだ。

シダは白いベールを頭にかぶり、その下には金色の刺繡の入った紺色のダボっとした衣服をきている。膝くらいの衣服の下はズボン。

成人男性というより、少年少女が身につけそうな服装をしているのも変わらない。

（シダさん……）

見つめているだけで胸が高鳴る。

その唇の、艶やかさ。触れたらどんなに愛しくなるのか思い出してしまう。すみれ色の美しい眼差しに見つめられると、背筋に甘美な熱がかけぬけていく。

ダメだ、狂おしいほど愛している。

いますぐ駆け寄って抱きしめたい衝動が湧いてくる。

薔薇園の入り口にいると、ミャウがレオニードに気づき、肩に飛び乗ってくる。小さくてとても可愛い猫だ。以前と変わらない。

「……っ」

シダが驚いた顔で振り向く。

「迎えにきました。知っていましたよ、あなたがここにいることは」

シダの瞳から大粒の涙があふれる。ポロポロと大粒の涙を流して。聖なる森にいるということは、彼のなかに穢れがないということだ。

「今度こそ結婚してください」

しかしシダはかぶりを振った。

「どうして……」

そのとき、シダの足元にいた小さな狼が「ううう……」とレオニードを見つけて唸り声を出す。

「狼……小さな狼がいるのですか。この子も一緒に城に連れていきましょう。薔薇園も移動させましょう。どうですか？」

「……」

シダが首を左右に振る。

そのとき、狼がシダにしがみつき、いきなりぶるぶると震え出した。まるでレオニードを恐れているかのように。

「……っ」

まさか……その子は。

イリナが口にしていたこと、それからティモンが口にしていたことがふっとレオニードの脳裏をかすめていく。

「まさかあなたの子ではありませんよね？」

あり得ない、そんなこと。

そう思って口にしたレオニードだったが、シダは顔を引きつらせた。

「シダさん……まさか」

狼を抱きしめてシダはレオニードに背中を向けた。そんなシダの手を後ろから摑む。

「……っ」

離して、と彼が必死で手を振る。

「待ってください、あなたの子なんですか」

シダは狼を抱きしめたまま、レオニードに背を向け、小さくうなずく。

「まさか……では、その子は……悪魔の子――」

レオニードが呟いた瞬間、シダはその手を振り払って、教会のほうへともどっていった。ミャウも後から追いかけていく。

「シダ、シダさん、待ってください、どうか」

いた、狼の子が。

ハッとしてレオニードは教会に視線を向けた。

ふりかえると、教会を背に、戸口の前でシダがふりむく。

逆光になっているせいか、そのほっそりとした身体のラインがくっきりと見え、そこだけがとても美しい世界に感じられる。

けれどその腕には狼の子――。

（では……シダは悪魔に？　悪魔の花嫁にされてしまったのか）

そう思った瞬間、レオニードは自分の身体が透けそうになっていることに気づいた。

指先が薄くなっている。

このままだと森に吸収されてしまう。「聖なる森」で愛を疑ってしまったからか？

8　祝福の子

どうしよう。この子のことをレオニード様に知られてしまった。

悪魔の子——？

そう訊かれてしまった。

悪魔の子ではない。この子——サヴァはあなたの子です。ぼくはあなた以外とは愛しあっていません。愛しているのはあなただけ。

そう伝えなければいけないのに。声を出すことができない。

イリナと悪魔に居場所が見つかってしまう。

おそらくレオニードはイリナから悪魔の子について聞いたのだろう。

あなたの子なのに。

悪魔の子だと疑われたままだと、シダだけでなく、サヴァまで処刑されてしまう。

火刑にあうのだ。

この子は正当なレオニードの子供なのに。

早く、早く急いで薔薇を集めて、糸を染めて編まなければ。


レオニードと会った翌日、シダは集められるだけ薔薇を集めた。

手から血が出るのもかまわず、必死で薔薇を集めていく。

早く糸を紡がなければ。そしてこの子を人間にもどさなければ。

一刻の猶予もない。

手が真っ赤になり、それでも花を集め、シダは糸を染めた。

一晩で糸が染まり、今度はそれを紡ぐ。紡ぐときに血が混じってしまうと、神聖な糸にならないので、手を包帯でぐるぐる巻きにして紡いでいった。

キュンキュン……と、狼の赤ちゃんがシダの足元にもたれかかってくる。ミャウと一緒にもたれてくるその姿がとても愛しい。

（サヴァ……レオニードさまとぼくの大切な赤ちゃん……）

一日も早く彼を人間にしなければ。

そう思い、急いで糸を紡ぐと、シダは、その場所から離れて、もっと森の奥——深い森の奥の小屋にこもって寝る間を惜しんで編み物を続けた。

編んでも編んでもなかなかうまくいかない。

森の奥は少しずつ食べ物もなくなってきていた。

幸いにも葡萄の木がたくさんあったので、ありったけの葡萄を集めて、サヴァとミャウにあげるようにしているが、自分の食べる分まではもう余裕はなかった。

とにかくこの子を、この子を無事に。シダはずっと来る日も来る日も編み続けていた。

そんなある日、レオニードがそこを探し当ててしまった。

深夜、サヴァとミャウを寝かせ、何か食べ物がないか外に出たとき、いきなりレオニードが現れたのだ。

「……」

どうして……レオニードさまがここに。

「よかった、あなたをずっと探していたんです。ふと甘い匂いがして……もしかしてと思って訪ねてきたのですが」

甘い匂い。もしかすると発情期がきそうなのかもしれない。

レオニードはマントをシダの肩にかけ、抱きしめてきた。

「細くなりましたね、ちゃんと食べていないのではありませんか？」

シダは首を左右に振った。

「あのときはすみませんでした。時間が必要で。ずっとあなたを探していました。どうして逃げたりしたのですか？　たとえ悪魔の子でも私はあなたと子供ごと引き受けようと決意したのに」

え……。

レオニードの言葉にシダは大きく目をみはった。

「あなたの子供もあなたと同様に愛していくつもりですよ」

どうして……どうしてそんなにまで。大粒の涙が出てきた。

「無理やり、悪魔に犯されたのですか？」

違う、というだけの気力はない。何日も食べていなかったのだから。

けれど、それだけではなかった。

そのとき、シダの身体に発情期がきてしまった。

「……っ」

胃の飢えよりも、肉体の疲労よりも、身体を襲ってしまう猛烈な欲望。

これがオメガの発情の恐ろしさだと思った。

たった一人の相手、ただ一人のつがい。彼にしか感じないこの身体。シダはたまらずレオニードにしがみついていた。

「シダさん……」

同じように彼もシダを抱きしめる。

多分、彼もおさえきれないことになっているのだろう。

そのまま古びた森の小屋の奥で発情の熱にまかせるまま、何度もふたりで身体を重ねた。

何カ月ぶりの逢瀬になるのだろう。

久しぶりの発情。

互いに積もり積もっていた想いをあふれさせたかのように激しく求めあってしまった。

「あなたの唇、あなたの首筋、あなたの胸……ずっとずっと恋しかった。会いたくて触れたくて……抱きしめたくて……どれほど夢見たことか」

細く長い指先が乳首に触れられると、シダの身体の奥がぞくぞくとする。

「……ん……っ」

夢を見ていたのは自分も同じだ。

ずっとずっと会いたかった。恋しくてしようがなかった。でもだからこそ、薔薇の花を育てて、糸を紡いで、一刻も早くサヴァを人間にもどして、本当の父親——レオニードに会わせたかった。

イリナの魔法がかかったままの姿ではなく。

ちゃんとした姿で。

けれど悪魔の子かもしれないと思いながらも、それでも探し当ててくれたこのひとの気持ちがうれしい。

おそらくイリナや他の誰かからいろんなことを聞かされただろう。

それなのに、それでも愛してくれているこのひとの気持ちに応えたい。

（そう、あなたはいつでもぼくを信じてくれましたね。だから……ぼくはいつもいつも前に進む勇

気が持てて……生きていく希望を持つことができた）

ああ、早くこの人に我が子を抱かせたい。

あなたとぼくが愛しあってできた子供ですよ。この子に父親として祝福を与えてください。そう伝えたい。

「……っ」

ほとばしる思いのまま、シダはレオニードの肩に爪を立てた。

指の腹でゆるゆると乳首をこねられると吐息が漏れてしまう。肌は彼に触れられているだけで甘くざわめいている。

「ん……っ」

月明かりのさしこんでくる窓にふたりの顔が映っている。

青い月の光がそれぞれの肌を淡く浮かび上がらせ、簡素なベッドで求めあっている姿をくっきりと窓に映していた。

青い光は彼と初めて結ばれた宵闇（よいやみ）の薔薇園を思い出させる。

幸せで幸せでどうしようもなかったあの時間。

でも今の方が幸せだ。

あのときよりもずっとずっと幸せだ。

「あ……あ……っ」

ぎゅっと乳首をつままれると、下肢のあたりに甘い痺れが広がっていく。レオニードが胸をまさぐっていた指先に力を加えてくる。

「乳首……以前よりも大きくなりましたね」

それは……サヴァを……あなたの子供を産んだから。

そのことが伝えられなくてつらい。

「あぁ………はあっ！」

彼が欲しくてしがみついた瞬間、ぐぅっと奥深く体内にレオニードが挿りこんでくる。

「……っ！」

「揺らしていいですか」

その問いに、シダはこくりとうなずいていた。

「あ……ん……っ」

長い時間の飢えを満たすように激しく求められ、狂おしそうに揺さぶられ、シダは快感のあまり息が止まりそうになっている。

「あ……あぁ……ん……はあっ」

声は出せないけれど、吐息だけは出てしまう。それが反対に自分がとても感じていることを彼にそのまま伝えているようで恥ずかしい。

けれど我慢しようとは思わなかった。

言葉で伝えられないぶん、どれほどの心地よさを覚えているか。

どれほどこのつながりを求めているのか。

はっきりと吐息と肉体の発情で彼に伝えたいから。

「ああ……っ……っ」

骨の芯が熱く疼いてしまう。心地よくてどうしようもない快感だ。

言葉で伝えられない代わりに、肉体が彼に感じていることを伝えようとする。その証拠に互いの腹の間にあったシダの屹立までもが恥ずかしいほど成長していた。

「ん……ふっ……っ……」

レオニードさま、好き、大好き。そう呟きたい。

淫らな息が漏れ、つながった内壁からどくどくと雫があふれでていく。

奥の深いところに響く振動が心地いい。羞恥と快感がないまぜになり、わけがわからない感覚に頭がまっ白になっていた。

「ああっ、あぁっ」

彼を体内に感じる。その体感が心地よい愛撫のように甘く広がっていって、シダの肌を熱く震わせる。

「あ……っ……」

早く果てたくて、爪を立ててレオニードに懇願する。

「ん………っ」

一緒に果てて、と頼みたい。けれど言葉にはできない……。

「……ああ、わかった」

それでも心が伝わるのか彼がわかってくれる。

耳に溶ける優しい声の響きが恋しい。

レオニードの屹立から身体の奥にあふれだす熱い粘液を感じながらシダは絶頂を迎えていた。


それからどのくらい求めあったのか。

気がつけば美しい夜空で星が光っている。

空には満天の星々。月があたりを明るくしている。

「シダさん、大丈夫ですか、辛くないですか？」

その言葉にシダはうなずき、レオニードの肩にもたれかかった。

シダさん……。

なつかしいその響きに胸がいっぱいになっていく。

「冷えてきましたね、どうかこれを」

シダの肩にマントをかけたあと、レオニードは自分も衣服を身につけた。

「これから城に向かいましょう」

「……」

でも……。

「あなたが悪魔の子を産んだのだとしてもいい。あなたはあなたです、私が愛したひとに違いはありません」

シダは大きく目をみはった。

「シダさん……誰の子でもいいんです。私が愛しているのはあなただけですから、あの狼の子を私の子として守っていきます。いいですね？」

「……っ」

狼の子をあなたの子として？

目で問いかけるシダにレオニードがこくりとうなずく。

「あのあと、時間をかけて冷静に考えました。そして答えが見えました。答えはこの『聖なる森』が教えてくれました」

「……っ」

「もしあの子が悪魔の子だったとしても、あなたは心まで魔物に囚われてはいません。だからここにいます。この森は聖なる心の者以外、住まわせることはできない。ここにいるあの狼の子も同じ。彼は魔物ではない」

ああ、あなたはそのことに気づいてくれたのですか。

「誰の子であれ、あなたがあの子を愛しているなら、私は私の子として愛せる自信があります。だから家族として、三人とミャウとで暮らしていきましょう」

今、彼はなんて――。

「あの子を私の子にします」

そのとき、みゃおんとミャウの声がした。

ふりむくと、扉が開き、その向こうの部屋から泣き声が聞こえてくる。

「ええん、ええん」

狼の声ではない。明らかな人間の赤ん坊の泣き声だ。

「ええん、ええん、ええん」

シダはハッとした。

生まれたとき、あの子は普通の赤ちゃんだった。しかしすぐに狼の赤ん坊になってしまった。イリナの呪いの恐ろしさを実感したのだが、今の泣き声は生まれたときの声と同じ。

まさか。

「……っ」

サヴァの寝室に行くと、ベッドのなかにくるくるとした金髪巻き毛の可愛い男の赤ちゃんがいた。

「……!」

人間にもどっている。どうして？　まだ絨毯は完璧に完成していないのに。どうして。

「……その子は」

レオニードが驚いたような声で入ってくる。

ふわふわの揺りかごの中にいた我が子。

シダは白いリネンのパジャマを着せ、笑顔でレオニードにサヴァを手渡した。

「そうか……私の子供なのか？」

気づいてくれた。自分の子供だと。

「……」

そうです、とうなずき、シダはリネンの寝間着に刺繍された文字を指差した。

「サヴァ、この子はサヴァという名前なんだな」

はい、とうなずきながら、シダはハッとした。

「そうか、私が誰の子でもこの子を自分の子供にすると言ったから……魔法が解けたんだな」

「……」

えっ、とシダは小首を傾げた。

「たとえこの子が悪魔の子でも愛するつもりでいました。あなたの子だから。狼でも私の子にするつもりでした。そうすれば、きっとあなたにかかった呪いも魔法もなくなると信じて」

レオニードはサヴァを抱きしめながらほほえんだ。

「もうなにも恐れなくてもいいんですよ。イリナ公妃の魔法に私とあなたの愛が打ち勝ったわけですから」

「……っ」

そこまで愛してくれていたなんて。どっと涙が流れ落ちていく。

「この子を我が子として守っていきます。愛していきます、もちろんあなたも。今度こそ、神の前で愛を誓ってくれますね？」

「……」

シダがうなずくと、レオニードはサヴァの額にちゅっと音を立ててキスをする。

「ばあ、だあ……だあ」

サヴァはとても嬉しそうにレオニードに甘えている。

こうして見ると、はっきりと親子に見える。それが嬉しかった。

そのとき、気づいた。

そうだ、この子が人間になったのならもう声を出してもいいのだ。

「……っ」

ああ、それなのに声が出ない。あまりにもこのひとの気持ちが嬉しくて、胸がいっぱいになって声が出てこない。

はい、と言いたいのに。

愛している、と伝えたいのに。

窓の外の美しい月明かりが父と息子を幸せそうに照らしている。

ミャウを抱きしめてその様子を見ているシダの姿も映している。

小さな、何もない簡素な小屋の中で。それでも今までいたどこよりも幸せで天国のような場所に思えた。


「――あのあと、すぐにあなたをさがせなかったのはイリナの魔女裁判があったからです」

城にむかう馬車のなか、レオニードはこれまでのことを説明してくれた。

「……っ」

「彼女の故国モルドバに返しました。そこで再び魔女裁判にかけられ、終身刑が決まったようです」

「終身刑……ですか」

「ええ、どこかの塔に閉じこめられ、死ぬまで出てこられなくなるそうですが」

処刑されなかったことにほっとしながらも、胸が痛まないわけはない。

「彼女にもいろんな理由があったのがあとでわかりましたが……それでもあなたたちにしたことは許せないです。だから判断は祖国に任せました」

「レオニードさま……あのかたの気持ちを考えると……」

「それとも……ここで火刑にした方がよかったですか？」

その問いかけにシダは首を左右に振った。

「そうでしょう、あなたなら絶対にそれを望まないと思って……故国に戻すことにしたのですが」

笑顔で言うレオニードの優しさが好きだと思った。

言葉が取り戻せたのに、言葉がなくても思いが伝わる。

彼はこちらの気持ちをすべて理解してくれる。

なんという幸せなのだろうと思った。

シダは大粒の涙を流した。

「さあ、もうすべて忘れて幸せになりましょう」

シダを抱きしめ、レオニードがキスをしてくる。

「マーマ、マーマ、マーマ」

レオニードに抱きかかえられ、サヴァがシダにキスをしてくる。

ああ、本当に幸せだ。そんな実感を抱きながら、シダはレオニードにもたれかかった。

†

それから一年以上がすぎた。

葡萄の匂いがあふれんばかりのころ。

二人が初めて愛しあった秋の初めの季節、レオニードとシダは結婚することになった。

「さあ、くるみパイが焼きあがったぞ、祝福のパイが」

シダの控え室にレオニードが結婚式用のくるみパイを持って現れた。

香ばしい香りが控え室にふわっと広がっていく。

エデッサと同じで、スタボリアもお祝いがあるときは、季節の果実をたくさんいれたくるみパイを近親者が用意することになっている。

新郎なのに、どうしても自分が焼きたいからと、今日のこの日に合わせてレオニードがパイを焼くことになった。

季節の果実は洋梨だと聞き、シダはあの日のことを思い出していた。

兄のティモンの戴冠式に届けるはずだったくるみパイ。夜明け前に起きて作ったのに、祝福の場に出すことができなかった。

(ううん、違う、あのパイは今日のこの祝福のためのものだったんだ)

あのとき以上の幸せだ。

あの朝からは想像もしなかった幸福を手に入れた。そう、あれはこの日につながるための祝福のパイだったのだと今さらながら実感している。

「わーい、パパのくるみパイ、大好き」

シダの隣でサヴァがミャウを抱いている。

その横には、彼の弟のゆりかご。すやすやと眠っている。

(まさか二人目まで誕生するなんて)

嬉しい。レオニードともっとたくさん家族を作っていきたい。

あのあと、城に行って裁判の後片付けや、イリナに洗脳されていた父王の心のケアなど、しばらくレオニードが多忙にしているときに二人目の妊娠がわかり、結婚式を延期することにした。

そしてようやく本当に二人の未来を祝福できる日がやってきた。

「さあ、結婚しましょうか、未来の王妃どの」

「はい、未来の国王陛下」

白い礼服を身につけたレオニードの手を取り、シダは白いベールを頭にかぶり、オメガ用の白いドレスを身につけて神の前に向かう。

列席者の中には、兄の姿と国王陛下の姿も従者のヤーシャの姿もある。

そしてなぜか兄の妻になったヨハンナの姿も。

ステンドグラスから差し込む光は、あの日の薔薇色と同じような気がした。

シダのブーケは、あの虹色の薔薇で作られていた。

レオニードが作ってくれた。

信じてくれ、命を守ってくれた人。

「もう指先は綺麗になりましたね」

シダの手を取り、キスをしてくるレオニード。シダは「ええ」とうなずいた。

「そういえば、傷だらけでしたね、レオニードさまと出会ったときは」

「そうやって一途に薔薇を積んでいたあなたが大好きでした。いえ、今も」

レオニードはそう言って今度はシダの唇にキスをしてきた。

神の前で愛を誓い、ようやく結ばれる。

もう魔女はいない。悪魔もいない。

幸せな未来が二人を包もうとしていた。

エピローグ

スタボリアに夏が訪れようとしている。

白樺の木々に囲まれた向こうに乳白色の空が広がっている。この季節、陽がくれるのが遅く、いつまでも外は仄暗(ほのぐら)い。

「そろそろ寝る時間だぞ、サヴァ」

レオニードは床に横たわってミャウといつまでも遊んでいる息子に声をかけた。

「はーい、パパ」

抱きあげると、頭をこちらにあずけてくる。

もう眠そうだ。そっとゆりかごに横たわらせると、ぴょん、と当然のようにミャウがサヴァの枕元に飛びこむ。

「おやちゅみなちゃい」

かわいいサヴァの声に、レオニードは思わず微笑する。彼の弟はもうとっくにゆりかごで眠っている。

「ああ、おやすみ。いい夢を見るんだよ」

やわらかな髪を撫で形のいい額にキスをすると、サヴァはにっこりと微笑したあと、ミャウを抱きしめながら寝息を立て始めた。

こうして家族で暮らすようになってどのくらいが経つのか。

サヴァはもうすぐ三歳になるが、すくすくと何の問題もなく育っている。

あどけない寝顔だ。

ゆりかごのなかですやすやと眠っている二人の我が子が愛しくて仕方ない。

狼として育ってしまった時間がその後の人生にどう影響するのか。人間の子供らしく育ってくれるのか。

そんな不安を感じてはいたが、シダが愛情をこめて育てていたので、とても優しく、利発な子供に育っているように思う。

「……だが、さすがにこれはひどいな」

息子たちを眠らせたあと、居間に戻ると、シダがよろよろしながら、床に散乱したおもちゃを拾い集めていた。

「大丈夫ですか、シダさん」

「え、ええ」

これからシダと一緒にゆったりと聖なる湖の温水で沐浴する予定だったが、その前に部屋の片付けをしなければ。

週末になると、レオニードは家族三人とミャウで聖なる森の小さな家で過ごすことにしている。

夏はいつまでも太陽が沈まないせいか、夜も更けてきたというのにまだ外がほんのりと明るくてずっと起きていたい気分だ。

「手伝いますよ」

レオニードはシダの横に膝をつき、床に散乱した木工細工のおもちゃを集め始めた。

「ありがとうございます」

シダがふわっと微笑する。

レオニードはその笑みをじっと見つめた。

息子の遊び相手が大変だったのか、ボサボサになって三つ編みがほどけそうになっているのが色っぽくてそそられる。

サヴァが三つ編みを引っ張ってしまうので、最近、シダは耳の前の髪の毛を少しだけ残して後頭部で結んで外巻きにねじりながら、一つにまとめている。

だがいたずら盛りのサヴァは、すぐにその三つ編みをまとめた毛束を引き出してほぐしたようにしてしまう。

「どうしました？」

ほつれた髪が愛らしい……と口にすると、変なやつだと思われそうでレオニードはごまかすように微笑してあたりを見まわした。

「あ、いや、それにしてもすごい散らかりようですね」

見ているだけでドキドキとしてしまう。結婚してかなり過ぎたのに、今もまだ初恋の少年のように彼の前で緊張してしまうのだ。

それにしてもシダの発情期はまだずっと先だったはずなのに、一緒にいると、四六時中、自分が発情してしまいそうになるのはどういうことなのだろう。

「あの子たち……本当に元気で」

シダが苦笑しながら、積み木を集めていく。

あの子たち——といっても、弟はまだ赤ん坊なので、本当に元気なのはサヴァだけだ。

「そうですね……困ってしまうほど」

「あのくらいがいいですよ。身体も丈夫だし、性格も明るいし、動物とも楽しそうに触れあっていますし、見ていてほっとします」

「ほっと？」

「ええ、呪いがかけられていたので……ちゃんと育ってくれるか心配だったので」

そうか。シダもレオニードと同じように心配していたのか。いや、きっとレオニード以上に心配していたのだろう。

「だからあのくらい活発なのが嬉しいです」

積み木を抱きながら、本当に嬉しそうにしているシダにレオニードは笑顔でうなずいた。

「ああ……そうですね」

確かにサヴァは元気すぎるほど元気だ。このところ、すっかりヤンチャになり、一日中、暴れまわっている。

きっと弟も同じ道を辿るかと思うと、ぞっとしないこともない。

健康というのはとてもありがたいのだが、元気がありあまっているのか、今日は兵隊ごっこ、昨日はお馬さんごっこ、一昨日は湖で泳ぎ続けていた。

それに好奇心も旺盛で、湖の生き物や森の虫を捕まえては、どんな生態なのか調べようとしている。まだ三歳にもならないのに。

果たして明日はなにをするつもりなのか――想像すると少し不安になるのだが、シダにはそれも楽しみの一つらしい。

「森の家にくると、サヴァは生き生きとしますね。怪我と毒虫と危険な動物に気をつけないといけないですが、あの子が野性味たっぷりに育っている姿を見るのは大好きです」

ハハハとレオニードは苦笑した。

「野性味ですか」

(一体、誰に似たのだろう。顔は私にそっくりだが……私は……野性味などひとかけらもない子供だったぞ)

レオニードは父王が心配するほどおとなしい子供だった。読書と楽器の演奏が大好きで、聞き分けがよく、貴公子のなかの貴公子と言われていたものだ。

他には花を育てたり、小鳥を可愛がったり……それからお菓子作りも好きだ。

今も料理用の窯からとてもいい香りが漂ってきているが、あれはレオニードが挑戦した「蜂蜜入りくるみパイ」だ。

蜂蜜を混ぜたパイ生地にくるみをまぶして焼いている。

明け方には冷めているだろう。そこに摘み立てのラズベリーを添え、ワイン入りのバニラクリームをかければ、最高においしいくるみパイの完成だ。

「さて、これで終わりですね。毎晩、掃除が大変なことになりそうですね」

おもちゃを箱に全部入れると、レオニードは棚に片付けた。

「明日は……楽器でも教えましょうか」

「楽器ですか？　この前、リュートを潰したばかりですよ」

「ああ、そうでしたね。では詩の朗読でも」

「詩なんて……あの子、一行めで寝てしまいますよ」

そうだ、サヴァはじっとしているのが苦手な子供だった。

「では薔薇の植え替えを」

「いけません、薔薇がかわいそうです、どんな目に合わされるか」

「……まいったな……ではなにをすれば」

「あの……あの子……明日は弓のお稽古がしたいと言ってました」

「え……」

レオニードは思わず顔をしかめてしまった。

得意ではないからだ。剣術も馬術もそう苦手ではないが、弓はうまく扱えないのだ。

そもそもこの国には戦争がない。

だから武術などできなくてもいいのだ。健康のためにやっているようなものだ。

それに狩猟のために弓を放つのもレオニードは好きではなかった。狐狩りや兎狩りを行っている貴族たちもいるが、レオニードは参加したことがない。

気弱、ダメ王子と言われようと、動物が血を流しているのを見たくないのだ。

狼狩りも鷹狩りもそうだ。

危険だからと、狩ろうとする兵士もいるが、じっと目を見つめ、こちらに敵意がないことを示せば、狼も鷹も襲ってこない。

熊も同じだ。鈴を鳴らして歩けば向こうが逃げていってしまう。

そんなわけで、レオニードは飛び道具を扱う自信がなかった。

「……まいったな、弓……か」

ため息をつき、レオニードはちらりと窓の外を見た。

「大丈夫、弓なら、ぼくが得意なので大丈夫ですよ」

レオニードの表情を見て察したのか、シダが笑顔で言う。

「得意……？」

「ええ、子供のころからたしなんでいます。尤も、木の幹の林檎をとるくらいにしか役に立っていませんが」

いつになく自信ありげに言うシダに、レオニードはさらに眉をひそめた。

「ですが……得意なんですよね？」

「え、ええ。百発百中とはいきませんが、調子が良いときはめったに外すことはありません」

すごい。この細い腕で、百発百中に近い腕前とは……。

「シダさんが教えてくれるのですか……そうか、それならいいでしょう」

シダと武術という組み合わせがすぐには頭の中で結びつかないのだが、実は彼はレオニードも驚くほど剣の腕もいいし、馬も巧みに乗りこなす。正直なところ、レオニードよりも優れているのではないかと思うくらいだ。

そもそも彼の出身――エデッサ公国の民は、もともとは遊牧民だった。広々とした大地を駆け抜け、狩猟や放牧をしながら暮らしていた民族。だから意外にもシダはいろんなことができるのだ。

(もしかして……サヴァの中身は……シダに似たのか)

活発なのも、好奇心が旺盛なのも。

確かにシダは薬草だけでなく、森の生き物の生態にくわしい。レオニードが知らない虫の名前や爬虫類の生態も知っている。

サヴァはそういうところがシダに似ているかもしれない。

(そう……もしかすると)

ちらりと見ると、シダがくしゃくしゃになった三つ編みをほどこうとしていた。けっこう大胆にバサバサとほどこうとし、かえってもつれてしまったようだ。

「待ってください、シダさん。私が整えましょう」

レオニードはそっと丁寧にシダの髪の毛のもつれをといていった。絹糸のような髪だ。長くてとても美しい。編みこんでいるのがもったいない。

「大変ですね、サヴァを育てるのは。せっかくの編みこみがこんなにくしゃくしゃになって」

「そうですね。面倒なので、髪、切っちゃおうかと思っています」

編みこみを解いてふわふわになった髪をシダはくるっとひとまとめにした。

「え……」

「洗って乾かすのも大変だし、レオニードさまくらいの長さまでばっさりと切りたいです。あっ、もっと短くてもいいかな、このあたりまで」

シダは耳の上のあたりを指で触れた。

想像がつかない。そんな髪をしたシダなんて。まあ、彼のことだ、丸坊主になっても愛らしいと思うが。

「もったいないじゃないですか。こんなに長くて綺麗なのに」

レオニードは呆然とした。

「え、でも編むのも大変ですし、木登りのとき、枝にもひっかかりますから」

肩をすくめ、シダが苦笑する。

「木登りって……あなたはそんなことができるのですか？」

「ええ、林檎や梨をとるときはいつも。さすがにオレンジは枝が細いので、揺らしてとるようにしていますが」

シダが木登り……。まったく想像がつかない。

いや、しかし思い当たらないわけではない。ずっと疑問に思っていたことがある。「聖なる森」で糸を紡いでいたときのことだ。

薔薇色に染められた何百本もの糸が木から吊るされていた。

天日干しをするのはいいが、どうやって木から吊るしたのだろうと疑問に思ったのだが、まさかシダは木に登って干していたのか。

これで辻褄があう。

「シダさん、林檎の木なんて危ないじゃないですか、これからはやめてください」

「大丈夫ですよ、毒虫はいませんから」

「毒虫の問題じゃないです。落ちたらどうするのかと言ってるんです」

するとシダはきょとんとした顔でレオニードを見た。

「落ちるもんなんですか？」

「え……」

レオニードはぎょっとした顔でシダを見つめた。

「……落ちたことがないのですか？」

「え、ええ、一度も落ちたことはありません。枝が折れたら、別の枝に移ればいいだけですし。でもかわいそうなので、折れないよう、気をつけてのぼっています」

「そ……そうですか」

笑顔を向けはしたものの、少し顔が引きつってくる。

「レオニードさまは？　木から落ちたことがあるのですか？」

「あ……いえ」

そもそも木にのぼったことなど一度もない。そんな遊びがしたいと思ったことすらない。

「実は……一度もないんです、木の上まで行ったことは」

「えっ、なんてもったいない」

「もったいない？」

「気持ちいいですよ。木もそうですが、屋根の上も。遠くまで見渡せますし、静かでお昼寝にちょうどいいですし、雪豹や鷹と出会って一緒に過ごす時間も楽しいですし」

確かにそれは楽しそうだが。

それにしても意外だ。シダにそんな活発な一面があったなんて。

（それなら髪が短いほうが……動きやすいだろう）

鷹や雪豹を彼もレオニードと同じように恐れないのかと思うと、これまでと違った意味でシダへの愛しさが湧いてくる。

尊く清らかな存在への憧れ——というこれまでの愛しさと同時に、自分と同じような価値観を持つ者への親しみのある愛しさとでもいうのか。

木登りや弓矢が上手だというのもおもしろい。

知り合ったころ、彼が話をすることが禁じられていたのもあり、こうして互いのことを知るのが難しかった。

彼は彼でレオニードに敵国の王子だとしられるわけにはいかなかったし、重い秘密と使命を抱えていたのでなかなか気さくな関係にまでは至れなかった。

ここに来てからもそうだ。スタボリアでの暮らしに慣れることや子供たちを育てることが第一だったので、二人で互いの知らない部分を知る機会が少なかったように思う。

いいものかもしれない。こうして少しずつ相手を知っていくのも。

たおやかに糸を紡いでいるシダも好きだが、林檎をとるために木に登ったり、昼寝のために屋根に登るシダもとても愛らしくて素敵だ。

今度、自分も試してみようとは思う。

「高いところにいると、自由になれるみたいで大好きなんです」

シダの言葉にレオニードは、ああ、そうかと思った。

彼はずっと自由ではなかったのだ。

修道院で暮らし、森で兄のために花を育てて糸を紡いで、サヴァを守るために隠れ住んで……。

そう思うと、高いところが好きだという彼の言葉が切なくなってきて胸が痛む。

「高いところは危険ですよ。あなたにもしものことがあったら」

もう高いところなんて行かなくてもいい。あなたは自由なんだという気持ちをこめてレオニードはそう言った。

「大丈夫ですよ、一度も落ちたことがないですから。今度ご案内しますよ」

「あ、いや、いいです、今は……特に興味もないので」

するとシダが少し困ったような顔をした。

そういうところは苦手だから少しずつ慣れていく、それにあなたに切ない思いをさせたくない——と言うつもりだったが、興味がないと口にしてしまったことでうかつにもシダを傷つけたのかもしれない。

「あ、いや、木登りの話がしたいんじゃないんです。あなたの髪型について知りたくて。なにか意味があって伸ばしているのじゃないのですか」

「いえ……刃物が貴重だったので伸ばしていただけですよ」

「……っ……貴重だったから？」

ええ、とシダがうなずく。

「エデッサはこの国と違って刃物に使える鉄資源が少なかったので、戦闘にむかうアルファ以外は、みんな髪が長いのです。食料を切るのも青銅でしたし」

「そうでしたか」

戦闘にむかうアルファ。だからシダの兄のティモンは髪が長くなかったのか。

「ですが、この国はたくさんいい鉄資源がありますから、髪を切ったり削いだりしても大丈夫そうですね」

無邪気にほほえむシダをレオニードは絶望的な眼差しで見つめた。

ダメだ、そんなに簡単に切ったりしたら。髪を編み込んでいるときのシダの姿もとても好きなのだから。

「大丈夫なほど……確かに資源には恵まれていますが。ですが、エデッサでは本当に？」

「はい、髪を切るのに使うわけにはいかなくて。普段はベールをかぶっていましたし、オメガの修道士は、たいてい長い髪を編んでいました」

「宗教的な意味で……？」

「いえ、動きやすいからですよ。だからバッサリやっても大丈夫です」

「シダさん……」

「さあ、そろそろ沐浴しましょうか。今日はサヴァとたくさん遊んだので、あちこち泥で汚れてしまって」

小屋の外に出ると、シダは衣服を脱いで湖に入っていった。

ちょうどそのあたりは温泉が湧いているので沐浴するのが心地いい。

「レオニードさまも早く」

腰まで浸かり、シダが笑顔で手を振ってくる。

「あ、ああ」

月明かりの下、髪をほどき、身体を洗っているシダの姿はこの上なく可憐で、水の精と思ってしまうほど美しい。

白蠟のようなほっそりとした首筋に濡れた褐色の髪がなまめかしく張りつき、片手で濡れた髪をすくいあげて胸元に下ろそうとしている仕草を見ているだけで胸が高鳴ってしまう。

本当に何て素敵なのだろう。思わずこのまま抱きしめ、薔薇色の唇にキスをし、その艶やかな乳首を指で潰してみたい。

そして白い肌を心ゆくまで貪りたい。いや、可愛がりたい。

なにもかもが愛らしく、とてもまばゆい。

胸の鼓動が激しく鳴り響き、夜の湖にまで反響しそうな気がしていると、視線に気づき、シダがにこやかに微笑する。

「入らないんですか?」

「あ、いや、今行きます」

レオニードは衣服を脱ぎ、温泉に入っていった。後ろから肩に手を伸ばすと、シダが肩越しに振り返る。

月に照らされた笑顔は、遠くから見ていたときよりもさらにまばゆい。

「シダ……」

思わずその髪を指に絡めたレオニードだったが、シダは無邪気にまた自分の耳の辺りを指差して言った。

「明日……切りますね、この髪。短く、ばっさりと」

「明日?」

「はい、サヴァの弓のお稽古の前に」

何と、その綺麗な髪を惜しげもなく耳元まで切るというのか、この男は。レオニードはぶるぶると首を横にふった。

「ダメです、やめたほうがいいです」

「え……でもサヴァの相手をするのには邪魔で」

「確かにそうかもしれないですが……でもやめてほしいです」

祈るようにレオニードは懇願した。

「どうして」

「……サヴァの相手は私がします。だからあなたはそのままで」

「なぜ……」

「好きだからです」

レオニードの言葉に、シダが目を見ひらく。

「好きなんです、あなたが髪の毛を編んでいる姿が」

「レオニードさま……」

「糸を紡いでいたときを思いだしてドキドキとしてしまうんです。もちろん……例えばあなたに髪がなくても、そのままのあなたが好きだから全然かまわないのですが……やはり……あのときの、愛するもののために懸命に糸を紡いでいたあなたが好きなので」

そう、言葉を紡ぐこともできず、ひとりぼっちで、この森で糸を紡いでいたシダ。彼のその姿があまりにも愛らしかったから好きになってしまった。

「あのころのぼくですか」

「あ、はい、そうです」

するとシダはしばらく俯いて、湖面に映る月を見つめた。

ゆらゆらと揺らめく月。

そっとそこに手を伸ばし、シダは水を手のひらでくしゃくしゃとかき混ぜた。

「あのころのぼくは……ここに映る月ですよ」

「え……」

シダはふりむき、じっとレオニードを見つめた。

「今の……ぼくでは……ダメですか？」

「え……」

「声を出して笑ったり、木に上る話をしたりすると……あなたは……いつも少し困ったような顔をします」

「シダさん……」

「もしかして……こんなはずではなかったと思っているのではないですか？」

シダが泣きそうな顔で問いかけてくる。

「どういう意味ですか？」

「口がきけなかったころの……静かで、一生懸命で、おとなしそうに見えたぼくのほうが良かったんじゃないですか」

「シダさん、それは」

ああ、だから水に映る月なのか。実体がない存在という意味で。

「ごめんなさい、あなたの理想のぼくじゃなくて」

謝ってくるシダに胸が無性に痛くなった。

「違います、そうじゃないです」

レオニードはシダを強く抱き寄せた。

「違うんです、確かに木登りをしたり、想像していたよりもずっと活発なあなたにびっくりしてはいますが、そんなあなたが可愛くて、親しみを感じて、さすが私の選んだ相手だ、一緒にいればいるほど楽しいと思っているんですよ」

「レオニードさま……無理しなくても」

「いいえ、無理ではありません」

レオニードはシダにほほえみかけた。

「だけど同時に、シダさんがずっとひとりぼっちで、木の上や屋根の上から自由を求めていたかと思うと……胸が痛くなって……もうそんなことをしなくてもいいよと言いたくて……変な顔をしてしまったのは認めます」

その言葉にシダがほっとしたように微笑する。

「ぼくは……ひとりぼっちだったときがさみしかったことなんて一度もないですよ」

「え……」

「さみしいことすら知りませんでした。さみしいという気持ちを初めて知ったのは、あなたを愛してからです」

ああ、その言葉に胸がまた痛くなってしまう。

「どうして」

「あなたに嫌われたらどうしよう、あなたをガッカリさせたらどうしようと思うと寂しくなってしまいます」

なんと可愛くていじらしい人柄なのだろう。やはり言葉で耳にすると極上の幸せに包まれたような気がして嬉しくなる。

「それならもう二度とあなたにそんな思いをさせないようにしないといけませんね」

「え……」

「シダさんに嫌われたらどうしよう、がっかりさせたらどうしようと思っているのは私のほうです。弓は下手だし、木だって落ちてしまうかもしれない。頼りなくてダメな男です。それでも愛して欲しいと思っているのですが……」

「当たり前じゃないですか。レオニードさまがそういう人だというのは最初からちゃんとわかっていましたよ」

「え……」

レオニードは驚いたように目をみはった。

最初から気づいていた？

シダは幸せそうにほほえんだ。

「ぼくのために、薬を持ってきてくれたり、お菓子を作ってくれたり、糸を丸めてくれたり……」

「あ、ああ、そうでしたね」

レオニードは照れたように微笑する。

「つがいの蛇に声をかけて、ぼくが天日干しにした糸に絡まないよう、そっと逃してあげていたのも知っています」

「あ、ああ、あれですか」

楽しそうなシダの笑みに釣られたようにレオニードも微笑する。

「すごく素敵なひとだなと思っていたのです。生き物への優しさにあふれたあなたの姿」

「動物に話しかけるのは好きなんです」

気づいていたのか。そのことを。

「武術の強さなんか必要ないです。人を思って、優しい行動をする。あなたのそんなところを好きになりました」

「シダさん……」

ああ、やっぱり互いに自分たちの思いを告げられるのはなんと幸せなことだろう。

良かった、互いに本音を伝えあえるようになって。

こうして少しずつ自分たちは夫婦として、家族として絆(きずな)を深めていくのだと思うと、まだまだ知らないことがたくさんあるかもしれないという事実がレオニードは楽しくて仕方なかった。

きっとなにを知っても、どんな側面を見ても、もっともっとシダを好きになる。

そしてシダもきっと愛してくれる。

そんな幸せに包まれながら、レオニードは腕の中のシダを強く抱きしめ続けた。

たとえこの先、もっと驚くような、予想外の彼の一面を知ったところで、日々、胸の奥から湧いてくるシダへの想いは深まるだけだ。

夏のさわやかな、いつまでも変わらない位置で輝いている太陽と、その周りの薔薇色の雲のように、二人の幸せも薔薇色に包まれている気がしていた。

あとがき

こんにちは。華藤えれなです。このたびはお手に取って頂き、ありがとうございます。

今回は大好きなロシアをイメージ舞台にしたメルヘン風味のオメガバースです。

受のシダは私の王道の健気っ子ですが、今回、攻のレオニードを私の中でも最高の癒し系の優しい性格にしてみました。ふわふわとしたやわらかな、それこそ薔薇色の雰囲気に感じていただけましたら嬉しいです。

お話の時代は中世後半くらい。お料理や衣装はジョージアをイメージしましたが、スタボリアという国名はソ連最後の書記長とその前の前の書記長の出身地スタヴロポリを元にしました。

イラストをお願いしましたｙｏｃｏ先生、あまりに素敵なカラーとモノクロに感激しています。本文の些細な小道具まで素晴らしく拾ってくださって驚きと感涙。一枚一枚、何ともいえないお伽話風の空気を描いて頂き、とてもうれしかったです。本当にありがとうございました。ご一緒できまして大変幸せです。

担当さんには感謝の言葉もありません。校正さん、印刷所さん、書店さん、営業さん、編集部の皆々様、関わってくださった方々すべてに心から御礼を。ありがとうございました。

読者の皆様、今回のお話はいかがでしたか？　ここまでお付き合い頂き、ありがとうございました。

今回、本当はカナダでスケートの世界選手権を見ながら初稿に取りかかろうなどと考えていましたが、まさかの大会中止、さらには愛犬の闘病が重なり、少し辛い時期が続きました。そうした時に自分の好きな世界観のお話に関われたことで私は逆に救われた気がします。

だからこその幸せな読後、心を慰撫できるような雰囲気を私なりに目指したのですが、そのあたりが伝わっていましたら幸いです。何か一言でも感想など頂けましたら嬉しいです。

それではまた。次の本でもお会いできますことを祈って。

大変な世の中ですが、どうかくれぐれもお気をつけて。

CROSS NOVELSをお買い上げいただき
ありがとうございます。
この本を読んだご意見・ご感想をお寄せください。
〒110-8625
東京都台東区東上野2-8-7　笠倉出版社
CROSS NOVELS 編集部
「華藤えれな先生」係／「yoco先生」係

CROSS NOVELS

王子とオメガの秘密の花宿り
～祝福の子とくるみパイ～

著者
華藤えれな

© Elena Katoh

2021年1月23日　初版発行　検印廃止

発行者　笠倉伸夫
発行所　株式会社 笠倉出版社
〒110-8625　東京都台東区東上野2-8-7　笠倉ビル
[営業]TEL　0120-984-164
FAX　03-4355-1109
[編集]TEL　03-4355-1103
FAX　03-5846-3493
http://www.kasakura.co.jp/
振替口座　00130-9-75686
印刷　株式会社 光邦
装丁　斉藤麻実子〈Asanomi Graphic〉
ISBN 978-4-7730-6068-3
Printed in Japan

乱丁・落丁の場合は当社にてお取り替えいたします。
この物語はフィクションであり、
実在の人物・事件・団体とは一切関係ありません。